이호철 사계절 동화 · 설 이야기

호철이는 설날이 가장 즐거워요

이호철 사계절 동화 · 설 이야기

호철이는 설날이 가장 즐거워요

초판 1쇄 펴냄 2017년 1월 10일

글 | 이호철
그림 | 박소정
편집 | 장순일
디자인 | 여현미
펴낸이 | 정낙묵
펴낸 곳 | 도서출판 고인돌
주소 | 경기도 파주시 문발동 617-12 1층 (413-120)
전화 | 031-943-2152
전송 | 031-943-2153
손전화 | 010-2261-2654
전자우편 | goindol08@hanmail.net
홈페이지 | goindolbook.com
출판 등록 | 제406-2008-000009호

값 13,000원

ISBN 978-89-94372-81-5 74810
ISBN 978-89-94372-34-1 (세트)

「이 도서의 국립중앙도서관 출판예정도서목록(CIP)은 서지정보유통지원시스템 홈페이지
(http://seoji.nl.go.kr)와 국가자료공동목록시스템(http://www.nl.go.kr/kolisnet)에서 이용하
실 수 있습니다.(CIP제어번호: CIP2016030572)」

이호철 사계절 동화 · 설 이야기

호철이는 설날이 가장 즐거워요

이호철 지음 · 박소정 그림

고인돌

차례

신나는 풍물놀이, 정월 대보름엔
달불놀이 하고 윷놀이 하고

 ## 호철이의 설 이야기 한번 들어 보세요

우리 어릴 때는 참 많이 놀았습니다. 하지만 일 년 내내 땀 뻘뻘 흘리며 바쁜 농사일에 매달리는 식구들을 못 본 체하며 마냥 놀 수만은 없었지요. 식구들 모두 농사일에 매달려야 하는 건 먹고사는 것 때문만이 아니라 한순간도 손 놓을 수 없는 게 농사일이기 때문이랍니다. 아무 때나 마음 놓고 식구들과 함께 즐겁게 논다든지 어디 나들이 가는 건 어려웠다는 말이지요. 그리고 요즘에야 누구나 어느 때라도 맛난 음식 먹고 좋은 옷을 입을 수 있지만, 그때는 설 명절 같은 때라야 하지요. 그러니 아이들은 설이나 추석 같은 명절이 더 기다려질 수밖에 없고, 그런 날을 맞이하는 기쁨은 이루 말할 수 없었답니다.

어른들도 바쁜 일 없는 한가한 때 맞이하는 설 명절은 아이들과 다르지 않았지요. 한 해를 시작하는 첫날이고 요즘보다 조상 섬기는 마음이 더했기 때문이기도 할 테지만, 한가한 때 그런 뜻깊은 날을 맞아 가까운 식구들이나 일가친척들과 더불어 즐겁게 보낼 수 있으니까요. 타향살이하던 사람들도 자기가 나고 자라 뿌리가 깊게 박혀 있는 고향에 오랜만에 찾아와 식구들이나 동무들과 마음 편하게 즐거운 한때를 보낼 수 있는 때가 설입니다.

그런데 요즘 설은 명절 같은 느낌이 안 납니다. 제사 음식 만드는 것, 웃어른 만나는 것, 손님 접대하는 것을 달가워하지 않는 사람이 많은 걸 보면 즐겁다는 생각보다 오히려 귀찮게 생각하는 사람들도 많지 않을까 하는 생각도 듭니다. 요즘 사람들은 자신이 나고 자란 곳이 또렷하지 않아 그런지 마치 떠도는 영혼 같기도 합니다.

어린이 여러분, 예전 살아 있는 시골 설 풍경 한번 볼래요? 여기 풀어 놓은 이야기는 공동체가 살아 있던 그때, 그러니까 1950년대 끝쯤에서 1960년대 시작 때쯤 우리 집안의 설 풍경입니다. 그때는 먹고사는 것이 참 어려운 시절이었지만, 기쁜 일이나 슬픈 일이나 온 집안, 온 마을이 함께 나누었던 행복한 시절이 아니었나 싶습니다. 마음만은 넉넉했던 시절이었다는 말이지요.

지금은 여기에 보인 이야기처럼 마음 넉넉했던 그 시절 모습을 조금이라도 살려 낼 수는 없을까요? 물질을 더 떠받드는 요즘 시대에 정말 필요한 건 따뜻하면서도 넉넉한 이런 마음 아니겠습니까. '호철이는 설날이 가장 즐거워요'를 읽으며 메말라 있는 우리의 마음을 조금이라도 살릴 수 있기를 바라는 마음 간절합니다.

이호철

설빔도 사고 설음식도 만들고

새 옷, 새 신발

펑! 뻥튀기하고

가래떡 빼고 돼지 잡고

강정 만들고, 묵은 때 벗기고

까치설날, 차례 음식 준비하고

아이들은 다시 뻥튀기 기계 가까이 우르르 몰려들었습니다.

튀밥을 주워 먹기 위해서지요. 정수가 재빠르게 뻥튀기 기계 주둥이 바로 밑에

소복이 떨어진 뻥튀기를 한 움큼 집어 나왔습니다. 이어 광수도 집어 나왔고요.

그리고 봉식이도 뻥튀기 기계 밑에 손을 집어넣었습니다.

"앗!"

봉식이는 기계 밑에 넣었던 손을 얼른 빼내었습니다.

"아고 뜨거라, 아고 뜨거라!"

손을 빼낸 봉식이는 팔딱팔딱 뛰었습니다. 뜨거운 뻥튀기 기계에 손을 덴 것이지요.

"야, 뽕뽕아! 니 개안나?"

"아고 따갑아라, 아고 따갑아라! 에이 젠장!"

그렇거나 말거나 나도 뻥튀기 기계 가까이 다가갔습니다.

"이눔 자슥들, 저리 안 나가나!"

뻥튀기 아저씨가 소리쳤습니다.

새 옷, 새 신발

"엄마, 내 옷 샀나? 으응? 샀제?"

"아이구 야야, 말도 마라. 대목장이라꼬 얼매나 비싸든동 모리겠다. 물건값이 다락그치 올랐다. 만물이 다 비싸네."

"안 샀나? 흐흐응, 안 샀구나. 와 내 옷은 안 샀나? 흐흐흐응……."

나는 마중 나갔다 장에서 돌아오는 어머니 뒤를 졸졸 따라오며 자꾸 칭얼대었습니다. 찬바람 맞으며, 시린 손 호호 불며, 시린 발 동동거리며 연동 뒷산 고개 너머까지 마중 나갔는데, 어머니는 내가 몇 번이나 물어도 말끝을 흐리는 게 아닙니까. 새 옷 입을 수 있는 때는 설 명절이나 추석 명절뿐인데 이번 설에는 돈 없다고 아예 옷을 안 샀다는 겁니다. 그만 목구멍으로 울컥하는

대목장 큰 명절을 앞두고 서는 장. 어머니가 설밑 대목장을 다녀오는 길이다.

맘이 한 뭉텅이 쿡 치받쳤습니다. 나는 침을 꿀꺽 삼키고 숨을 잠깐 멈추며 그 맘을 꾹 눌러 앉혔습니다. 나와 같이 장 마중 나갔던 광수는 제 어머니 뒤를 따라오며 싱글벙글했습니다. 새 옷을 샀는가 봅니다.

"올 설에는 아무거도 안 샀다. 빚 갚아야제, 너거 히야 등록금 조야제, 돈 쓸 데가 어데 한두 군데라야지."

"몰라잉! 내 무릎 함 봐라. 팔꿈치 봐라. 다 떨어질라 안 카나잉. 여게 함 봐라. 이래 구멍 안 났나잉."

"그거는 집어 입으마 만판 된다."

"아이참, 설인데 챙피시럽구로 집은 옷을 우예 입노잉."

"엄마, 함 봐라. 어데 옷 하나 사 입드나? 너거 아부지가 어데 옷 사 입드나?"

"몰라잉!"

거기에서 어머니 아버지 옷 이야기는 또 왜 나옵니까? 나는 그만 기가 죽고 말았습니다. 언제나 허름한 옷이나 입고 있는 어머니 아버지의 모습이 눈앞에 아른거렸기 때문입니다.

집어 입으마 기워 입으면. 해어진 곳에 다른 천 조각을 대거나 그대로 꿰매는 것을 깁는다고 한다.

"그라마 양말은 샀나?"

"양말? 식구들 마카 양말째기뺙에 안 샀다."

그런데 뒤돌아보니 따라오던 이웃집 광수 어머니가 나 보고 눈을 찡긋했습니다. 그러면서 턱짓으로 어머니가 머리에 이고 있는 장 보따리를 가리켰습니다. 그건 장 보따리 속에 내 옷이 들어 있다는 뜻인데, 그래도 나는 못 미더워 자꾸 칭얼대었습니다.

집에 온 어머니는 할머니 앞에 장 보따리를 펼쳤습니다.

'어엉?'

보따리 속에 옷과 양말이 들어 있는 게 아닙니까! 거기다 깜장 고무신까지…….

'누구 옷이고? 히야 옷이가? 인철이 옷? 누부야 옷? 고무신은 누구 꺼고?'

나는 어머니가 풀어 헤친 장 보따리를 보고도 의심스러운 낯빛으로 서 있었습니다. 그런데 어머니가

"아나, 함 입어 봐라."

이러며 내 앞에 검은 옷 한 벌을 툭 꺼내 주는 게 아닙니까!

"엄마, 내 옷 샀나?"

순간 가슴이 쿵 하더니 다시 하늘로 날아오르는 기분이었습니다. 눈물도 핑 돌았습니다. 이번엔 섭섭해서가 아니라 너무나 뜻밖이고 좋아서 눈물이 핑 돈

겁니다.

"신도 함 신어 봐라. 니 신 구멍 났다민서."

"신도 샀나!"

내 깜장 고무신은 정말 바닥이 다 닳아 구멍이 날락 말락합니다. 여름철 비올 때 같으면 벌써 신발 바닥 어디에선가 물이 새어 들어왔을 것입니다.

"하하하!"

어머니는 웃기만 했습니다. 내 옷은 골덴으로 지은 아래위 한 벌입니다. 때 잘 안 타 보이라고 검은색으로 산 것이지요. 동생 옷은 털실로 짠 목티와 짙은 밤색 골덴 바지입니다. 신발은 조그만 흰 고무신이고요.

"엄마, 인철이 옷이 더 좋제?"

"더 좋고 안 좋고가 어데 있노. 인철이는 내도록 바깥으로 나돌아 댕기서 감기 걸리가 자꾸 안 콜록거리드나. 그래가 폭신하고 목 긴 거를 안 샀나. 니는 얼라맨치로 그런 거를 우예 입겠노. 함 입어 봐라. 맞는강 모리겠다. 너거 히야하고 누부야하고 할매하고 다른 식구들은 마카 양말째기밲에 안 샀다 아이가."

~~~~~~

골덴 코르덴. 니들코드라고도 한다. '임금의 밭이랑'이란 프랑스 말에서 생겨났으며, 세로로 굵거나 가는 골이 지게 짠 옷감을 말한다.

얼라맨치로 어린아이처럼 (얼라: 어린이)

옷을 입어 보니 한눈에 봐도 크다는 걸 알 수 있었습니다. 바지 끝은 발에 밟히고 윗옷 소맷자락은 손등까지 덮입니다. 고무신도 좀 헐렁한 것 같습니다. 내가 옷을 입고 주춤거리니까 어머니는

"마치맞네! 아들은 자꾸 커서 이래야 한다."

이러면서 소맷자락과 바지 끝을 두어 번 걷어 주었습니다. 동생은 좋다고 생긋생긋 웃었습니다.

"히야, 봐라. 내 꺼가 히야 꺼보다 더 좋제. 봐라."

"얌마, 내 꺼가 더 좋제. 내 꺼는 단추가 다섯 개나 안 달렸나. 그라고 소매에도 단추 같은 거 달렸제? 니는 이런 거 있나?"

"아이다, 내 꺼는 더 폭신하고 뜨뜻하그덩."

"윗기지 마라 짜샤. 내 꺼는 주무이도 니보다 안 많나. 함 봐라."

나와 동생은 서로 자기 옷이 좋다고 우겼습니다. 내 옷이 좀 못한 것 같긴 하지만, 동생한테 지고 싶지 않아 자꾸만 동생을 놀리며 내 옷이 좋다고 우긴 것이지요. 동생이 징징거리며 어머니에게 일러바쳤습니다. 그러니까 어머니가

"아이다, 인철이 니 끼 더 좋다. 히야 꺼는 빌로 안 좋다."

마치맞네 마침맞네. 꼭 맞네.

이렇게 동생을 달래었습니다. 그 말을 들으니 나는 괜히 심술이 더 났습니다. 형과 누나는 양말짝을 받아 쥐고는 우리를 부럽다는 듯 바라보았습니다. 어쨌거나 나는 날아갈 것 같은 기분이었습니다.

어머니와 장에 갔다 뒤늦게 돌아온 아버지는 큰 고무 다라이를 지게에서 내렸습니다. 구정물 함지박에 구멍 나 때워도 물이 자꾸 새어서 새로 샀다고 했습니다. 그 안에는 장 본 것들이 한가득 들어 있었습니다. 차례 지낼 때 쓸 조기, 가오리, 명태, 오징어, 마른 문어 다리, 사과, 배, 대추, 밤,……

고무 다라이 고무 함지박. 고무로 만든 대야, 빨랫대야처럼 큰 대야, 함지박을 말한다. '다라이(たらい)'는 일본말이다.

펑! 뻥튀기하고

설이 나흘 남았습니다. 매서운 추위는 아직도 물러설 줄 모릅니다. 이따금 바람이 가랑잎을 구석으로 몰아넣기도 합니다. 응달에는 얼마 전에 온 눈이 아직 무덕무덕 남아 있고요.

아침밥을 먹고 있었습니다.

"펑!"

'어엉! 이기 무신 소리고? 어데서 박상 튀기나? 박상재이는 언제 와가 박상 튀기노?'

흔히 뻥튀기하러 오면 "박상 튀로 오소오! 보리나 강내이나 아무거나 마카

박상 옥수수알이니 쌀을 튀긴 튀밥

가지고 오소오! 박상 튀로 오소오!"이렇게 소리를 외칩니다. 그런데 오늘은 그 소리도 들리지 않았는데 벌써 뻥튀기를 하는가 봅니다. 나는 얼른 아침을 마저 먹고 나가 보았습니다. 내 짐작이 맞았습니다. 종국이네 바깥마당 담 앞 양지쪽에서는 벌써 뻥튀기를 하고 있었습니다. 설 차례상에도 놓고 세배하러 오는 손님 대접할 강정을 만들기 위해서지요. 뻥튀기 기계 옆에는 뻥튀기할 곡식 그릇과 뻥튀기를 담을 포대, 장작개비가 줄 서 있습니다. 쌀, 보리, 옥수수, 콩, 수수,…… . 어떤 집에서는 벌써 떡가래 썬 것을 말려 오기도 했습니다. 참깨나 들깨, 콩은 뻥튀기도 하지만, 집에서 솥에 볶아 강정을 만들기도 하지요. 뻥튀기하려면 마른 곡식과 함께 마른 장작개비도 가져와야 합니다. 불을 피워 뻥튀기 기계를 뜨겁게 달구어야 하니까요.

뻥튀기 아저씨는 왼손으로 끊임없이 기계를 돌리면서 오른손으로 쉴 새 없이 다른 일을 합니다. 한쪽 발로 나무 끝을 밟고 톱으로 자르기도 하고, 자른 나무를 작은 도끼로 쪼개어 화로에 집어넣기도 하지요. 때로는 뻥튀기 기계 밑에 있는 작은 화로를 잠깐 꺼내어 쪼갠 장작개비를 넣고 쇠꼬챙이로 꾹꾹 누르기도 하고 쿡쿡 쑤시기도 합니다. 그러고는 화로를 다시 기계 밑에 밀어 넣지요. 돌아가는 뻥튀기 기계와 기계 옆에 딸린 조그만 풍구 사이에 고무줄을 걸어 풍구가 돌아가게 하지요. 풍구에서 나오는 바람이 화로에 쏴아 들어가면 불이 활활 타오르지요. 뻥튀기 기계 위로 불길이 치솟기도 합니다. 불티가 공중으로 높이 날아오르다 꺼지곤 하고요. 그 불티 때문에 뻥튀기 아저씨 옷엔 구멍이 빠끔빠끔 뚫려 있습니다. 날씨는 추워도 우리는 뻥튀기할 곡식 담은 그릇들을 차례로 줄 맞춰 놓고 따뜻한 뻥튀기 기계 둘레에 오밀조밀 둘러앉아 뻥튀기가 빨리 튀겨지기를 기다리지요. 어떤 아이는 뻥튀기 기계를 아저씨한테서 넘겨받아 돌려 보기도 합니다.

이제 뻥튀길 때가 다 되었습니다. 아저씨는 기계 밑에서 화로를 끄집어내더니 재빠르게 뻥튀기 기계 주둥이에 망태기를 갖다 대었습니다. 그러고는 주둥이 잠금 고리에 쇠꼬챙이를 끼워 발로 기계를 눌러 밟고 버티었습니다. 아이들은 저만치 물러서서 귀를 꼭 막고 있습니다. 얼굴을 잔뜩 찡그리고 고개를 다른 곳으로 돌리면서요. 봉식이는 멀찌감치 떨어져 귀를 막고도 아예 쪼그리고 앉아 있습니다.

"어이, 뽕뽕이. 니 와카노?"

"히히히, 절마는 뭐가 겁나가 저카노?"

"어이, 뽕뽕이. 니 똥겁 묵나?"

"키키키키……."

동생을 업고 있던 정순이는 마당 저쪽 끝으로 멀찌감치 달아났습니다. 거기서 동생을 제 등에서 앞쪽으로 돌려 귀를 막아 주고 있습니다. 한 아주머니는 귀를 막고 돌아서 있는데 다른 아주머니는 아무렇지도 않다는 듯 팔짱을 끼고

그냥 서 있습니다.

드디어 뻥튀기 아저씨가 기계 주둥이 잠금 고리에 끼운 쇠꼬챙이를 앞으로 쓱 당겼습니다.

"펑!"

튀겨진 뻥튀기는 눈 깜짝할 사이 망태기 안으로 쏟아져 나왔습니다. 망태기 주둥이 부분에서 밖으로 튀어나온 뻥튀기는 터진 포탄 파편 날아가듯 공중으로 팍 퍼져 달아납니다. 하얀 김이 물씬 올라오면서 구수한 냄새가 확 퍼집니다. 뻥튀기 아저씨도, 뻥튀기 기계도, 둘레에 있던 사람들도 그 김 속에 잠깐 묻혔다 나타납니다.

아이들은 다시 뻥튀기 기계 가까이 우르르 몰려들었습니다. 튀밥을 주워 먹기 위해서지요. 정수가 재빠르게 뻥튀기 기계 주둥이 바로 밑에 소복이 떨어진 뻥튀기를 한 움큼 집어 나왔습니다. 이어 광수도 집어 나왔고요. 그리고 봉식이도 뻥튀기 기계 밑에 손을 집어넣었습니다.

"앗!"

봉식이는 기계 밑에 넣었던 손을 얼른 빼내었습니다.

"아고 뜨거라, 아고 뜨거라!"

손을 빼낸 봉식이는 팔딱팔딱 뛰었습니다. 뜨거운 뻥튀기 기계에 손을 덴 것이지요.

"야, 뽕뽕아! 니 개안나?"

"아고 따갑아라, 아고 따갑아라! 에이 젠장!"

그렇거나 말거나 나도 뻥튀기 기계 가까이 다가갔습니다.

"이눔 자슥들, 저리 안 나가나!"

뻥튀기 아저씨가 소리쳤습니다. 나는 그 소리에 놀라 그만 뒤로 물러서고 말았습니다. 꼬맹이들은 주위에 떨어진 뻥튀기를 손으로 막 쓸어 모았습니다. 흙 묻는 것도 아랑곳하지 않고요.

"아구, 야들아! 그거는 몬 묵는다. 아나, 아줌마가 한 주먹 주꾸마. 야야, 넌도 받아라. 니 울미띠기 아 아이가? 야는 간이 짝아가 한 주먹 집어 묵지도 몬 한다."

그 모습을 보다 못한 아주머니가 아이들에게 쌀 뻥튀기를 한 움큼씩 집어 주었습니다. 꼬맹이들은 저마다 두 손을 쑥쑥 내밀었습니다. 우리들은 그 재미로 뻥튀기 기계 둘레에 더욱 바싹 다가가 둘러앉아 있지요. 점심도 굶으면서요. 뜨거운 기계에 덴 봉식이 손목은 콩알만 한 물집이 부풀어 올라 있었습니다. 떨어진 뻥튀기를 끌어모아서 먹다가 돌을 콱 깨문 아이들도 있었습니다. 이를 상하지 않아 다행이었지만요.

한 집 뻥튀기를 다 튀긴 아저씨는 곧바로 그다음 차례인 광수네 옥수수 한 됫박을 뻥튀기 기계에 부었습니다. 그러고는 기계 주둥이를 찰칵 닫고 쇠꼬챙이를 걸고 틀어 잠갔습니다. 꺼내었던 화로를 다시 기계 밑으로 밀어 넣고 기계를 돌리기 시작했습니다.

"어이, 광수. 니 박상 내 좀 줄 거제?"

"……."

광수는 아무 대답도 하지 않고 씩 웃기만 했습니다. 옆에 있던 복이도 봉식이도 서로 좀 달라고 다짐을 주었습니다. 광수네 옥수수 강냉이는 활짝 핀 벚꽃처럼 잘 튀겨져 정말 먹음직스러웠습니다. 좀 달라고 해도 아무 대답도 하지 않던 광수는 어찌 된 일인지 큰 인심 쓰는 듯 우리들에게 한 움큼씩 나누어 주었습니다. 나는 이웃에 살고 더 친하다고 큰 움큼으로 한 움큼 주고도 더 주어 기분이 한껏 좋았지요.

그때 우리 어머니가 점심 먹으러 오라고 불렀습니다. 나는 떨어지지 않는 발걸음으로 집에 와 늦은 점심을 먹었습니다.

"엄마, 우리는 박상 안 튀기나?"

"몰라."

"다른 집에서는 벌써 다 튀깄는데……."

"우리도 튀구기는 튀가야 될 낀데 우짜꼬 모리겠네."

옆에 있던 할머니가 말했습니다.

"에미야, 고마 우리도 튀가라. 인자 더 바빠질 낀데 빨리 튀구는 기 안 좋겠나.”

나는 할머니의 말에 맞장구쳤습니다.

“그래, 다른 집에는 벌써 다 튀갔다 아이가.”

“그러마 뭘 좀 튀구꼬?”

어머니는 쌀 두 되와 보리쌀, 옥수수, 수수, 조를 한 되씩 챙겨 뻥튀기하는 데로 가지고 갔습니다. 나와 동생은 마른 장작개비를 한 아름씩 안고 씩씩하게 어머니보다 먼저 앞장서 갔고요.

‘우리도 박상 튀긴다 이 말씀이야!’

“철아, 누가 새치기 안 하나 잘 봐래이. 엄마는 집에 가가 떡쌀 좀 당가야 되겠다.”

우리 뻥튀기는 저녁때가 지나서야 다 튀겼습니다. 어머니가 기다린다면서 나보고 저녁 먹으러 가라고 하는 걸 추워서 웅크리고 있는 동생만 먼저 집에 보내고 나는 뻥튀기를 다 해서 어머니와 함께 집으로 왔습니다. 뻥튀기 자루를 어깨에 둘러메고 집으로 돌아오는 발걸음은 그냥 막 나는 것만 같습니다.

나는 저녁 먹고 바로 튀밥을 한 바가지 퍼 와 먹었습니다. 하얗고 구수하고 달콤한 쌀 뻥튀기, 입에 넣으면 사르르 녹지요.

“철아, 니는 금방 저녁 묵었는데 숨도 안 돌리고 박상을 또 묵나?”

“히히, 인철이는 내보다 더 마이 묵었는데…….”

"니가 알라가?"

어머니는 내가 아끼는 기색도 없이 마구 먹는 것에 은근히 못마땅한 마음을 드러내 보였습니다. 나는 그냥 히히 웃고는 튀밥 한 움큼을 입에 탁 털어 넣었습니다.

"그래, 다 묵으마 강정은 뭐 갖꼬 만들라카노, 으잉?"

할머니도 뭐라 했습니다.

"펑!"

뺑튀기는 밤늦게까지 이어지고 있었습니다.

니가 알라가 네가 어린아이냐 (알라: 어린아이)

가래떡 빼고 돼지 잡고

아침 일찍부터 썰매를 조금 타고 집으로 오는 길에 보니 아래뜸 방앗간에서 통통통 발동기 소리가 들리고, 허연 김이 뭉글뭉글 피어오르고 있었습니다. 구수한 냄새도 풍겨 왔습니다. 거기 아주머니들 속에 어머니도 보였습니다. 가 보니 가래떡 뺄 쌀가루 찌는 시루에서 김이 새어나오고, 그렇게 다 찐 것을 기계 위쪽에 시루째 엎어 붓고는 막대로 기계 속으로 밀어 넣었습니다. 그러니까 옆에서는 하얀 가래떡 두 가닥이 길게 뽑혀 나왔습니다. 뽑혀 나온 가래떡은 바로 찬물에 담가서 가위로 싹둑 잘라 큰 대바구니나 둥글넓적한 고무 함지박에 길게 뻗쳐 차곡차곡 담았습니다.

내가 가래떡이 뽑혀 나오는 기계 옆에 서 있으니 어머니가 가래떡 한 도막을 싹둑 잘라 나에게 주었습니다. 하얀 가래떡, 따끈따끈하고 쫄깃쫄깃한 가래떡, 구수한 가래떡, 자꾸만 먹고 싶어지지요. 어머니는 둘레에 있는 다른 아이들에게도 가래떡을 조금씩 떼어 주었습니다. 우리 집은 쌀 한 말 닷 되를 가래떡으로 뽑았지요. 언제 왔는지 아버지가 지게를 지고 왔습니다. 가래떡을 가지러 온 것이지요.

집에 오니 할머니가 건넛방 가마솥에 엿을 고고 있었습니다. 가마솥 아궁이엔 장작불이 벌겋게 타오르고, 큰 가마솥에서는 벌써 건더기를 걸러 낸 단술물이 부글부글 끓고 있었습니다. 한겨울인데도 방문을 활짝 열어 놓은 방에 들어가 보니 방바닥이 절절 끓었습니다. 엿을 만들려면 먼저 밥에 엿기름물을 걸러 부어 따뜻하게 해서 밥을 삭게 하지요. 여기에 설탕이나 당원을 조금 넣어 끓이면 단술이 됩니다. 엿을 만들려면 이 단술에 삭힌 밥찌꺼기를 걸러 낸 단술물을 다시 오랫동안 끓여야 한답니다. 물이 좋아서 잘 여문 도토리 빛깔을 띤 걸쭉한 엿물이 될 때까지요. 이 엿물을 조청이라고 합니다. 조청에다 가래떡을 찍어 먹으면 구수한 맛에 달콤한 조청 맛이 더해져 꿀맛이나 다름없지요.

단술물이 걸쭉한 엿물로 바뀌면 어머니는 커다란 나무주걱으로 자꾸 저어 주었습니다. 그냥 두면 엿물이 가마솥 바닥에 눌어붙기 때문이지요. 달콤한 엿 냄새가 코끝을 자꾸만 건드립니다. 얼마 뒤에 어머니는 엿물을 주걱으로 떠 솥에다 주르르 흘려 떨어뜨렸습니다. 엿이 알맞게 고아졌나 보기 위해서지요. 엿물이 끈적하게 조금씩 흘러내리면 알맞게 고아진 것입니다. 어머니는 손가락으로 주걱의 엿을 찍어 맛보았습니다.

“다네. 어무이, 엿 잘 고아진 거 같으네요.”

“그래, 엉가이 고아진 거 같네.”

옆에서 지켜보던 나는 혀로 입술을 핥았습니다.

“엄마, 내도 좀……."

“으응? 그래. 정지에 가가 종발 두 개 갖꼬 오니라.”

나는 부엌 살강에서 종발을 가져다 어머니에게 주었습니다.

“아나, 할매하고 무라. 너거 아부지하고 너거 히야도 좀 조야 되겠네.”

어머니는 종발에다 조청을 퍼 담아 주면서 다시 할머니에게 말했습니다.

“어무이, 떡가래 조청에 찍어가 잡사 보이소.”

어머니는 큰 양푼 세 개를 가져와 엿물을 모두 퍼 담았습니다.

나와 동생은 할머니와 방에 들어와 숟가락으로 조청을 퍼 먹었습니다. 그리고 떡가래에 조청을 찍어 먹기도 했습니다. 할머니는 이가 시원찮아 떡가래를 우물우물해서 삼켰습니다.

“아이구, 천처이 무라. 너무 마이 무마 속 단다.”

정지 부엌. 정주라고 하는 곳도 있다.
종발 보시기. 밥사발이나 국사발보다 작은 반찬 그릇
실강 그릇 따위를 얹어 놓기 위하여 부엌의 벽 중턱에 드린 선반. 발처럼 엮어서 만들기 때문에 그릇의 물기가 잘 빠진다.

아니나 다를까 조청을 먹고 좀 있으니 가슴에 불덩이가 든 것 같고 답답하기도 했습니다.

"할매, 속이 답답해 죽겠다."

"할매, 난도 글타."

"거봐라, 내가 뭐라 카드노? 물 좀 마시라."

나와 동생은 물을 벌컥벌컥 마셨습니다.

점심을 먹고 밖으로 어슬렁어슬렁 나가 보았습니다. 낮에는 날씨가 조금 풀린 듯합니다.

'어어?'

저 아래쪽에 사람들이 한 무더기 모여 있는 게 보였습니다. 무슨 일인가 싶어 가 보니 기석이네 바깥마당 끝에 큰 돼지가 네 발이 묶인 채 "꽤애액! 꽤애액!" 소리 지르며 버둥거리고 있었습니다. 불안에 찬 눈을 희번덕거리면서요.

'아, 이제 죽게 되는구나!'

주둥이에서 피까지 쭈르르 흐르고 있는 돼지 모습을 보니 더욱 불쌍해 보였습니다.

"야들아, 너거들은 보지 마고 저쩌 가 있거라."

어른들이 우리한테 저쪽에 가 있으라며 잠시 쫓았습니다.

"꽤애애액! 꽤애애액!"

돼지는 시퍼런 칼에 목이 따지고, 똥을 찔찔 싸면서 한참이나 버둥대다 숨을 거두고 말았습니다.

'아, 불쌍한 돼지!'

어른들은 돼지를 도랑에 들어다 놓고는 도랑가에 불을 피웠습니다. 돼지 털을 뽑고 칼로 배를 갈랐습니다. 배 속에는 창자가 이리저리 얽혀 있고, 다른 온갖 내장도 가득 들어 있습니다. 처음 울컥했던 마음도 잠깐뿐, 우리는 얼굴을 찡그리면서도 그 모습을 신기하게 바라보았습니다. 몇몇 어른들도 빙 둘러서서 구경하고요. 기석이 아버지가 돼지 오줌보를 떼어 우리에게 휙 던져 주었습니다.

"아나, 너거들 갖꼬 놀아라."

복이가 그걸 먼저 주웠습니다.

"히히히……."

"키키키……."

우리는 오줌보에 바람을 넣어 공처럼 봉긋하게 해서 실로 주둥이를 꽁꽁 묶었습니다. 그러고는 마당에서 그걸로 공차기 하며 놀았습니다. 그런데 어쩌다 복이가 찬 돼지 오줌보가 봉식이 얼굴을 바로 맞혀 버렸습니다.

"으아! 얌마들아!"

"하하하, 뽕뽕이 돼지 오줌보하고 완전 뽀뽀했뿌릿네!"

"으하하하!"

우리는 한참이나 돼지 오줌보 축구를 했지요. 잡은 돼지는 어느새 도막도막 나누어서 집집이 가지고 가 버렸습니다.

놀다 저녁때가 되어서야 집에 오니 어머니와 할머니가 가래떡을 썰고 있었습니다. 가래떡이 어느 정도 굳을 때 납작하게 썰어야 떡국을 끓여 먹을 수 있거든요. 나는 어머니가 떡가래 써는 모습을 지켜보았습니다.

'고것 참 재밌네?'

'딱딱딱' 칼질 소리도 재미있고요, 가래떡이 납작납작하게 썰려 또르르 굴러 앞자리에 모이는 것도 재미있습니다. 어머니는 엄청 빠르게 썰고 썬 떡 모양이 조금 길쭉한데, 할머니는 '똑 똑 똑' 이렇게 조금 천천히 썰어도 떡 모양이 동그란 게 더 예쁩니다. 오늘은 누나도 홀치기 안 하고 가래떡을 썰고 있네요. 그런데 누나가 썬 떡 모양은 들쭉날쭉합니다.

"엄마, 나도 가래떡 함 썰어 보까?"

"자슥아야, 니는 몬 썬다. 갈그친다, 저리 가라."

누나가 나보고 나가라고 했습니다.

"와! 내가 누부야보다 더 잘 썬다. 함 볼래?"

홀치기 홀치기염색. 누나가 돈벌이로 하던 일.
갈그친다 거추장스럽고 자꾸만 거슬린다.

"아구우, 그려셔. 그러마 함 해 보셔."

　나도 가래떡을 썰었습니다. 그런데 그게 생각만큼 쉽지 않았습니다. 잘못하

다간 칼에 손가락 베일 수도 있기 때문이지요.

　"이잉? 그래도 철이 제법 써네."

　나는 잘 썰지는 못해도 어머니의 칭찬에 더 열심히 썰었습니다.

저녁 먹을 때가 되었습니다.

"어! 엄마, 내 손에 물집 생겼다."

"거봐라, 이거도 아무나 하는 기 아이다. 니는 고마 해라."

그런데 밤에 자다 깨어 보니 어머니와 할머니는 그때까지 가래떡을 썰고 있었습니다. 오늘 다 썰어야 내일 강정을 만들 수 있다면서요.

"딱딱딱딱⋯⋯."

"똑 똑 똑⋯⋯."

강정 만들고, 묵은 때 벗기고

설이 이틀 남았습니다. 아버지는 온 집 안을 청소했습니다. 집 뒤꼍의 나무와 짚가리 허물어진 것도 착착 쌓고 농기구며 연장도 가지런하게 치웠습니다. 닭이 헤쳐 놓은 바깥마당 구석의 거름 무더기도 덩그렇게 끌어모아 쌓고요. 안마당은 말할 것 없고 뒷마당과 바깥마당까지 비로 싹싹 쓸었습니다. 며칠 전에는 할머니가 방문 종이를 모두 뜯어내고 새 문종이를 깨끗이 붙이기도 했지요. 정갈한 마음으로 새해를 맞이하려는 겁니다.

벌써 동네에는 보통 때 못 보던 얼굴들이 더러 보였습니다. 복이 누나가 선물 꾸러미를 들고 오는 모습도 보였습니다. 대구 무슨 공장에 다닌다고 했는데, 긴 생머리에 뽀얀 얼굴, 깔끔하게 차려입은 옷매무새를 보니 아리따운 아가씨처럼 보였습니다. 서울 어느 부잣집에 식모살이 갔다던 윗마을 득이 누나가 오는 걸 보았습니다.

"너희들 잘 지냈니? 많이 컸구나."

서울말 쓰는 걸 보니 득이 누나는 완전 서울 사람이 다 된 것 같습니다. 못 보던 형들도 눈에 띄었습니다. 누군지는 잘 모르지만, 한복을 곱게 차려입은 부부가 선물 꾸러미를 들고 아이를 앞세워 오는 모습을 보니 참 부럽기도 했습니다. 나도 크면 저렇게 도시에 나가서 살아 보고 싶은 마음도 들었습니다. 그렇지만 어른들의 말을 들어 보면 또 그게 아닌 것 같기도 합니다. 공장에 고생고생 다니기도 하고, 식모살이 간 득이 누나는 주인집 아기도 봐주고 밥도 하고 그런다고 했거든요. 그러는 것보다야 차라리 고향에서 식구들과 함께 사는 게 좋겠다는 생각이 들었습니다.

어머니와 할머니는 아침을 먹자마자 강정을 만들기 시작했습니다. 솥에 물을 조금 붓고 엿이 담긴 양푼을 담가 물을 끓이니까 굳어 있던 엿이 다시 녹았습니다. 튀밥에 녹인 엿을 부어 고루고루 묻혔습니다. 그리고 널빤지 위에 부어 다듬잇방망이로 누르면서 요리조리 굴려 반반하게 늘였습니다. 반반하게 늘인 강정을 다시 칼로 네모나게 썰지요. 어머니는 뻥튀기한 것 말고도 흰콩과 검은콩, 참깨와 들깨도 솥에 볶았습니다. 이렇게 볶은 것도 엿을 섞어 강정으로 만들었습니다.

또 찹쌀 강정도 만들었습니다. 얼마 전에 찹쌀 고두밥 말리는 걸 보았습니

다. 빨갛고, 파랗고, 노랗게 물들인 고두밥도 말렸습니다. 물들인 걸 섞어 강정을 만들면 참 곱기도 하지요. 고두밥을 지에밥 또는 강정밥이라고도 한답니다. 고두밥을 햇볕에 말리면서 뭉치지 않게 젓기도 하고 손으로 비비기도 했습니다. 고소해서 심심하면 집어 먹곤 하지요.

"요늠, 자꾸 집어 묵을래. 다 집어 묵었뿌마 쌀강정은 뭐 갖꼬 만들래?"

할머니가 뭐라 했습니다.

찹쌀 고두밥이 다 마른 며칠 뒤 어머니는 막내 작은어머니와 솥뚜껑을 뒤집어 돌에 걸쳐 놓고 장작불로 데웠습니다. 그러고는 물에 깨끗이 씻은 고운 모래를 솥뚜껑 위에 부어 달구었고요. 달구어진 모래에 말린 고두밥 한 움큼을 집어넣고 나무주걱으로 사르르사르르 저었습니다. 말린 고두밥은 고소한 냄새를 풍기면서 살짝 부풀어 오르지요. 어지간히 부풀어 오르면 체에다 싹 쓸어 담고 쳐 모래를 아래로 빠지게 합니다. 그러면 체 위엔 찹쌀 튀밥만 남지요. 그 튀밥에 엿을 섞어 만든 강정이 찹쌀 강정이랍니다. 이 찹쌀 강정은 빠작빠작 씹는 맛도 좋지만, 고소한 맛이 더욱 좋지요. 나와 동생은 자투리 강정 조각을 자꾸 집어 먹었습니다. 입천장이 벗겨지도록 말입니다.

체 가루를 곱게 치거나 액체를 받거나 거르는 데 쓰는 기구. 얇은 나무로 쳇바퀴를 만들고 말총, 헝겊, 철사 따위로 짠 쳇불을 씌워 만든다.

저녁 무렵이 되어서야 강정을 다 만들었습니다. 어머니는 마지막으로 남은 뻥튀기를 모두 모아 엿을 부어 섞더니 주먹만 하게 뭉쳐 그릇에 담아 주었습니다.

"아나, 인철이하고 농갈라 무라."

나와 동생은 좋아서 마냥 생글방글거렸지요.

또 누런 엿을 늘여 하얀 가락엿으로 만들기도 했습니다. 살짝 녹여 찐득해진 엿 뭉치를 늘렸다 모았다 몇 번 되풀이하지요. 손에 엿이 묻지 않게 밀가루를 묻혀 가면서요. 그러다 엿이 하얗게 변할 때 길게 늘여 알맞은 길이로 자르면 가락엿이 되지요. 엿에 깨를 묻힌 고소하고도 달콤한 깨엿도 만들었습니다.

부엌에 가 보니 언제 만들었는지 두부도 만들어 물에 담가 놓은 것이 보였습니다. 저녁에는 따끈한 두부와 김장 김치를 넣고 매콤하게 끓인 비지찌개를 먹었지요.

저녁을 다 먹고 난 참이었습니다.

"호철이, 인철이 저녁에 목간 좀 하제이?"

"아고오, 춥은데 우예 하노?"

"가마솥에 물 뜨뜻하이 낄이는데 뭐가 춥다꼬 카노?"

"엄마, 내는 안 할란다."

동생이 목욕을 안 한다고 했습니다.

"안 하기는 뭐를 안 해. 니 목에 때 봐라. 까마구가 보마 할배 할배 카겠다."

"엄마가 등때기 밀마 껍디기 빗기는 거 글이 따갑아가 몬 하겠다."

"니 추석 때 때 밀고 지끔꺼정 때 한 번 밀었나? 때 안 씩고는 새 옷 몬 입는데이."

"아이참!"

새 옷을 못 입는다고 하는데 어떻게 춥고 따갑다며 목욕을 안 한다고 끝까지 뻗댈 수 있겠습니까.

어머니는 저녁에 쇠죽을 다 퍼 주고 난 커다란 무쇠 쇠죽솥을 싹싹 씻어 내고 아궁이에 불을 지펴 물을 덥혔습니다. 쇠죽솥 있는 곳은 대충 거적으로 눈비와 세찬 바람 정도 피하도록 막아 놓아서 겨울엔 엄청나게 춥습니다.

"먼첨 인철이부터 나온니라."

"흐흐흥, 어엄마, 내는 춥어가 안 할란다."

"목간 안 하마 더럽어가 새 옷 몬 입는다 캤제. 새 옷 안 입을라카마 목간하지 마라."

"아고오!"

동생은 찔찔 짜면서 옷을 홀딱 벗었습니다. 고추가 달랑 올라붙어 있습니다. 몸을 한껏 웅크리고 이가 마주치는 소리를 내며 덜덜 떨었습니다.

동생이 씻고 방에 들어온 뒤 내 차례입니다. 어머니는 동생이 씻은 물을 퍼내고 다시 물을 덥혔습니다.

"호철이 나온나라."

"어어 추라!

"춥기는 뭐가 춥노. 뜨뜻하이 좋구마는."

"앗 뜨거라!"

물 덥혀 놓은 가마솥에 들어가려고 발을 살짝 들여놓으니 너무 뜨거웠습니다.

"첨 들어가마 뜨겁은 거 같지 들어가 있으마 안 뜨겁다. 얼렁 드가라."

"아이참, 뜨겁어가 몬 드가겠다카이!"

"뜨겁기는 뭐가 뜨겁노. 퍼떡 드가라!"

어머니는 엄살 부리는 나를 그냥 둬서는 안 되겠다 싶었는지 등짝을 한 대 철썩 쳤습니다.

"아고 아파라!"

어머니는 내 몸에 물을 끼얹었습니다.

"뜨뜻하제?"

"으으으!"

따뜻한 물 끼얹을 때는 따뜻했지만, 그다음은 다시 더욱 추웠습니다. 찬바람이 설렁설렁 부니까 더 그랬습니다. 그런데 가마솥 바닥은 또 너무 뜨거워 앉아 있기가 힘들었습니다.

"으으으 뜨뜻하다! 어어 추라, 어어 추라! 아고 뜨겁어라! 앗 뜨거라!"

어머니는 다시 내 등을 철썩 치며 나를 눌러 앉혔습니다. 그러고는 내 몸의 때를 쓱쓱 문질러 벗겼습니다.

"앗 따가라! 어엄마, 따갑다. 쫌 살살 밀어라."

"따갑기는 뭐가 따갑노. 이 때 쫌 봐라. 완전 국수 가락 같이 밀리네. 아고오, 이눔아. 인자 쫌 자주 씩거레이."

겨드랑이와 목 때를 밀기 시작했습니다.

"히히히! 엄마, 간지랍다. 헤헤헤!"

까치설날, 차례 음식 준비하고

　설 하루 전날입니다. 음력 섣달 그믐날이지요. 이날을 작은설이라고도 하고 까치설이라고도 합니다. 전에 까치설에 대해 선생님한테 들은 이야기가 떠오릅니다. 『삼국유사』 설화에 보면 신라 소지왕 때 왕후가 한 스님과 내통하여 왕을 해치려고 했는데, 이때 까치, 쥐, 돼지와 용이 도와주어 왕이 목숨을 건졌다고 합니다. 이때부터 십이지에 못 드는 까치를 기념할 날이 없어 설 바로 전날을 기념하는 날로 정해 '까치설'이라고 이름을 붙였다고 합니다. 또 이날을 작은설이란 뜻이 담긴 옛말인 '아치설', '아찬설'이란 말로도 불렀는데, 그 말이 오랜 세월이 지나는 동안 '까치설'이란 말로 바뀌었다고 하는 말도 있지요. 옛날부터 까치는 좋은 일을 가져온다고 여기는 새였는데, 이 까치한테 새

십이지 십이지에 드는 열두 동물로 쥐·소·호랑이·토끼·용·뱀·말·양·원숭이·닭·개·돼지를 말한다.

해에는 모든 일이 바라는 대로 이루어지기를 비는 마음을 담아서 섣달 그믐날을 까치설날이라고 했다고 한답니다. 어느 말이 맞는지, 또 맞는 말인지 아닌지는 누구도 모를 이야기지요.

오늘은 한마을에 사는 작은어머니들이 모두 우리 집에 왔습니다. 둘째, 셋째 작은어머니는 마당 한쪽에 솥뚜껑을 뒤집어 돌에 걸쳤습니다. 그 솥뚜껑을 장작불로 달구어 부침개를 부쳤습니다. 연기에 얼굴을 찡그리기도 하면서요. 파, 배추, 우엉, 호박 같은 푸성귀나 가자미, 오징어 같은 해물을 밀가루 물과 섞거나 묻혀 달아오른 솥뚜껑에 올려놓고 쇠 주걱으로 꾹꾹 누르기도 하고 뒤집기도 하면서 노릇노릇해질 때까지 부치지요.

"치지이이……" 소리와 고소한 냄새가 온 집 안에 가득합니다. 옆집 광수네 집에서도 부침개를 부치나 봅니다. 고소한 냄새가 우리 집까지 솔솔 넘어옵니다.

어머니는 부엌에서 가오리, 문어, 명태, 대구, 오징어, 홍합 같은 건어물을 솥에서 쪄 내었습니다. 막내 작은어머니와 누나는 놋그릇을 닦았습니다. 제사 지낼 때 쓰는 그릇들이지요. 물에 적신 짚수세미에 기와 가루를 묻혀 놋그릇을 문질렀습니다. 오래 둔 놋그릇이라 색이 조금 검게 되어 있고 푸른 녹도 슬

건어물 말린 생선이나 조개류 따위

어 있는데 그렇게 닦으니 황금처럼 반짝반짝 윤이 났습니다.

"햐아! 얼굴꺼정 비치네."

동생은 엉덩이를 치켜들고 막내 작은어머니가 닦은 놋대접에 얼굴을 비춰 보았습니다.

"와? 히얀하나?"

"어, 여게 봐라! 히히히, 낯이 쭈그러졌어."

"인철이 니 낯이 증말로 히얀하게 보이네, 하하하!"

"작은엄마, 우째 요래 반짝반짝하게 닦는데?"

"하하하, 다 내 기술 아이가. 작은엄마 기술 좋제?"

동생은 어느새 부침개를 하나 얻어 후후 불어 가며 먹고 있었습니다.

"야! 지사도 안 지냈는데 묵으마 할매 뭐라 칸데이."

내가 뭐라 하거나 말거나 동생은 맛나게 먹습니다. 나도 가만있을 수 없지요.

"작은엄마, 난도 한 개만 좀 묵자."

"할매 보마 야단 맞는데이. 하나마 무래이."

놋그릇 구리에다 주석이나 아연·니켈을 섞어 만든 그릇. 유기라고도 한다. 놋그릇은 식기, 혼사 용구, 제사 용구, 불기, 화로, 등잔 따위가 있다. 이들 놋그릇은 시간이 지나면 푸른 녹청이 생기므로 제사나 차례를 앞두고 놋그릇을 깨끗이 닦는 것은 여인들의 큰일이었다(절에서는 한 달에 한 번씩, 또는 큰 행사가 있을 때 놋쇠로 된 불기를 닦는다). 암키와를 곱게 빻은 것을 수세미나 짚에 묻혀 윤이 반질반질하게 날 때까지 닦았다.

작은어머니가 부침개 하나를 이리저리 떼어서 나에게도 주고 동생에게도 주었습니다. 우리는 후후 불어 가며 먹었습니다.

조금 있으니까 사촌들이 우르르 몰려왔습니다. 우리 어머니는 사촌들에게도 부침개를 쭉쭉 찢어 나누어 주었습니다. 사촌들은 그걸 먹고도 더 먹으려고 작은어머니 옆에서 어리대었습니다. 그런데 할머니가 그걸 보고 말았지요.

"이늠들, 조상 지사 지내기도 전에 다 묵었뿌리마 지사는 뭘로 지낼라카노, 으이!"

그제야 우리들은 뒤로 물러섰습니다.

할머니는 건넛방 솥에 얹은 떡시루와 솥 사이에 김이 새지 않게 밀가루 반죽을 이겨 붙였습니다. 떡시루 안에는 쌀가루 한 켜, 볶은 콩가루나 삶은 팥 한 켜, 번갈아 켜켜이 쌓여 있지요. 아궁이에 불을 땐 한참 만에 떡시루에서 구수한 김이 피이 나오기 시작했습니다. 어머니가 솥뚜껑을 열고 젓가락으로 꾹꾹 찔러 보았습니다.

"어무이, 어지가이 익었네예."

"그라마 불 한 부석만 더 때고 한참 놔뚜야지 되겠네."

부석 부엌 또는 아궁이의 방언. 여기서는 '아궁이'란 뜻으로 시루떡이 어느 정도 익었으니 불을 한 아궁이만 더 때고 나서 뜸을 들인다는 것이다.

아버지는 안마당을 깨끗이 청소하고 고방에서 제상으로 쓸 상을 꺼내어 행주로 깨끗이 닦았습니다. 돗자리도 꺼내 펼쳐 보고요.

"헤헤이, 이느므 쥐새끼들이 다 깖아 묵었네. 쯧쯧쯧!"

생쥐란 놈이 돗자리 한쪽을 쬐끔 깖아 먹은 겁니다. 아버지는 모사도 준비했습니다. 도랑에서 깨끗한 모래를 그릇에 담아 오고, 띠도 한 뼘 안 되게 잘라 손가락 굵기만큼 묶었습니다.

저녁이 되자 할머니는 온 집 안을 초롱불로 훤히 밝혔습니다. 방에는 말할 것 없고 마루, 부엌, 뒷간, 외양간, 고방, 장독대, 뒤꼍까지. 초롱불로는 모자라 종지에 참기름을 부어 실 심지를 돋우어 불을 붙여 밝히기도 했습니다.

"할매, 와 불을 이키나 마이 키노?"

"으응, 잡귀는 막고 새해 신이라꼬 카는 세신 맞이하고, 조상님들 맞이한다꼬. 하이튼 이래 밤새도록 불을 밝히마 복을 불러들이는 새해를 맞이한다꼬 안 카나."

"할매, 참말로 그렇나?"

종지에 참기름을 부어 전기가 없던 시절, 그릇에 기름을 담아 불을 켰는데, 그 기름에는 여러 가지가 있다. 식물성 기름에는 참기름, 콩기름, 아주까리기름 들이 있었고, 동물성 기름으로는 짐승의 지방이나 물고기 기름을 썼다. 그러나 제사를 지낼 때는 식물성 기름만 썼는데, 가장 좋은 참기름을 써서 불을 밝혔다.
세신 세덕신. 새해의 신

"하모."

어머니는 밤늦게까지 제사 음식을 챙겼습니다. 밤에 쥐나 고양이가 음식을 물고 가지나 않을까 싶어 고방에 잘 챙겨 두었지요. 나는 잠이 사르르 왔습니다.

"할매, 자부럽다."

"인철이는 벌써 자제? 인철이는 고마 눈썹이 하얗게 시게 생깄네, 하하하! 호철이 니도 눈썹 실라카마 자그라."

누나도 한마디 거들었습니다.

"그래. 철아, 작은 설날 밤에는 잠자마 눈썹 하야이 신데이."

"누부야, 참말로 눈썹 시나?"

"참말이다. 시는강 안 시는강 함 자 봐라. 그러마 알 거 아이가."

"아이참, 자부럽어가 죽겠는데……."

나는 눈꺼풀이 내려오는 걸 억지로 참았습니다. 그러나 어느새 잠들고 말았지요. 하루에도 몇 번이나 장롱에서 꺼내어 쓰다듬곤 했던 새 옷과 깜장 고무신을 내 머리맡에 가지런히 두고서요.

섣달 그믐날 자면 눈썹이 하얗게 센다고요? 할머니가 이야기해 주는 걸 들었는데, 여기엔 이런 이야기가 전해 오기도 한답니다. 부엌에 신단을 꾸미며 정화수

자부럽다 졸리다, 잠이 온다.

를 떠 놓고 '삼시랑' 신주에게 빌고 또 빌면 죄를 없이해 준답니다. 삼시랑은 사람의 착한 일과 나쁜 일을 감시하도록 옥황상제가 몰래 보낸 염탐꾼이래요. 이 삼시랑은 섣달 그믐날 밤에 잠자는 사람의 코를 빠져나와 그 사람이 일 년 동안 지은 죄를 옥황상제에게 일러바친답니다. 보고를 받은 옥황상제는 그 사람이 착한 일을 했으면 목숨을 늘려 주고, 나쁜 짓을 했으면 목숨을 줄인다고 하네요. 그러니 삼시랑이 하늘로 올라가 옥황상제를 만나지 못하게 하는 방법은 뭐겠어요? 삼시랑이 코를 빠져나가지 못하도록 해야지요. 잠을 자지 않아야 한다는 것이지요. 그래도 잠이 오는데 어떡하겠어요? 그래서 억지로라도 잠을 자지 않게 하려고 섣달 그믐날 밤에 잠자면 눈썹이 하얗게 센다고 하지 않았을까요?

다른 지방 이야기지만, 야광귀신 이야기도 있습니다. 야광이라는 귀신은 설 전날 밤에 사람 사는 곳에 내려와 아이들의 신을 두루 신어 보고 발에 맞으면 신고 가 버리는데, 그러면 신 주인한테는 좋지 않은 일이 일어난답니다. 그래서 아이들은 그 귀신이 무서워 신을 뒤집어 놓거나 아예 신을 감추어 놓고 자기도 한답니다. 또 체를 마루 벽이나 뜰에 걸어 두면 야광귀신이 와서 체 구멍 세느라고 아이들 신 훔칠 생각을 잊고 있다가 닭이 울면 도망가 버리기도 한답니다.

정화수 이른 새벽에 길은 맑은 우물물이나 샘물. 식구들의 평안을 빌면서 정성을 들이거나 약을 달이는 데 쓴다.

참 재미있는 이야기지요? 혹시 눈썹이 센다고 해도 나처럼 자신도 모르게 잠이 들지 모르니까 잘못이 있으면 미리 돌이켜 보고 용서해 달라고 비는 것이 좋겠네요. 그러면 귀신이 안 찾아올지 모르니까요.

그러고 보니 저녁에 할머니가 부엌에서 상에다 정화수를 떠 놓고 두 손을 비비며 중얼중얼 무슨 말을 하며 비는 것을 보았습니다. 잘못도 빌고 다음 해에도 우리 집이 무사하게, 행복하게 잘 살게 해 달라고 비는 것입니다.

어떤 곳에서는 작은설에 동네 어른들을 찾아가 시난해에도 건강해 주셔서 감사합니다, 묵은 일들은 잊어버리십시오, 하는 뜻으로 세배하기도 한답니다. 이걸 '묵은세배'라고 한다네요.

"어무이, 눈이 니리네예!"

음식 정리를 다 마친 어머니가 아버지 설빔 바지저고리와 두루마기를 손질하면서 할머니에게 하는 말소리를 어슴푸레 들었습니다. 할머니는 이렇게 말했습니다.

"으이? 눈이 온다꼬? 아고오, 하늘님, 새해에는 그저 복이나 펑펑 니라 주이소!"

고요한 섣달 그믐날 밤, 함박눈이 소록소록 내립니다.

설날, 차례도 지내고 세배도 하고

설날 아침

차례를 지내고

마을 어른에게 세배하고

동제 지내고

"자, 인자 마카 절하자."

모두 절을 했습니다.

사촌 동생들은 무릎을 꿇느라 쿠당탕거리기도 했습니다.

"허허, 이늠들! 조요이 해라. 정신을 들이야제."

두 번째 절할 때였습니다.

"뽀오옹!"

"풉 프흐흐……."

"킥 키키키……."

"히히히히……."

"큭 크크크……."

방귀 소리를 들은 사촌들은 저마다 웃음보가 터졌습니다.

그런데 엄숙하게 제사를 지내는 터라 웃음을 참느라 애를 썼습니다.

"이늠 자슥들, 조요이 안 하나!"

아버지가 엄히 말했습니다.

설날 아침

"꼭끼요오!"

"꼭 꼬오오!"

"월 월월 월월월월월 월……."

닭 우는 소리와 개 짖는 소리. 새해 첫날인 설날 아침이 밝아 오고 있습니다. '설'이란 말은 '사린다(조심한다)'에서 온 말이라고도 하고, '섦다(슬프다)'에서 온 말이라고도 하고, '설다, 낯설다'에서 온 말이라고도 하며, 전해 오는 이런저런 이야기도 많은데, 그저 조심하고 삼가며 새로운 한 해의 첫발을 내딛는 아주 뜻깊은 날이라 생각하면 된다고 들었습니다.

아침이라지만 아직은 깜깜한 새벽, 난 할머니와 큰방에서 자다 공기가 선득해 눈도 제대로 못 뜨고 부스스 일어나 보았습니다. 호롱불이 희미하게 내 눈에 들어오고 막내 작은어머니도 보였습니다.

"어무이, 절 받으시이소."

막내 작은어머니가 옷매무새를 매만지며 자리에서 살포시 일어서는 게 보였습니다. 한복을 곱게 차려입은 작은어머니의 모습이 봉숭아꽃처럼 곱습니다. 작은어머니 옆에는 김이 모락모락 나는 떡국이 소반 위에 있었습니다.

"아이구 야야. 구찮을 낀데 뭐할라꼬 이래 캐쌌노."

"새핸데 어무이한테 세배해야지예."

할머니는 몸을 바르게 해 앉았습니다. 어느새 옷을 갖춰 입고요. 얼굴엔 웃음꽃이 활짝 폈습니다.

작은어머니는 서서 두 손을 이마에 살짝 대고 조심스럽게 양반다리로 앉았습니다. 그리고 허리를 깊이 굽혀 이마가 바닥에 닿을락 말락 나부시 큰절을 올렸습니다.

떡국 설날에는 메밥과 탕 대신 떡국으로 차례를 지낸 다음, 다 같이 떡국을 먹는다. 떡국에는 부자 되게 해 달라는 소망도 담겨 있다. 가래떡을 엽전 모양으로 썬 뒤 떡국을 끓여서 식구 숫자대로 한 그릇씩 먹는 것이다. 중부 이북에서는 설날에 떡과 만두를 넣은 떡만둣국을 먹는데, 만두 양 끝을 둥글게 말아서 붙인 둥근 모양으로 빚었다. 이것은 옛날 은으로 만든 돈 모양을 본뜬 것이다. 이렇게 새해 첫날 먹는 음식은 돈과 관련이 있다. 돈 모양으로 썰거나 빚은 떡국과 만두를 먹으며 집안에 재물이 넘치기를 비는 것이다.

소반 짧은 발이 달린 작은 상

세배해야지예 세배는 섣달그믐이나 정초에 웃어른께 하는 절인데, 설날 아침 일찍이 모두 설빔으로 갈아입고 차례를 지낸 뒤에 할아버지 할머니, 아버지 어머니에게 먼저 절하고 형 누나에게 차례로 아랫사람이 윗사람에게 절을 하여 새해 첫인사를 드린다. 흔히 차례를 먼저 지내고 세배를 한 뒤 음식을 먹지만, 더러 세배를 한 뒤 차례를 지내기도 한다. 호철이네 집에서는 차례를 지내기 전에 아침 일찍 막내 작은어머니가 떡국을 끓여 와서 할머니께 세배하고 그 떡국을 드시게 한 다음, 다른 작은어머니들과 어머니가 세배하고, 그다음에 호철이 사촌들이 와서 할머니께 세배했다고 한다. 그리고 차례를 지내기 위해 큰집인 호철이네로 오는 작은아버지들은 오는 차례대로 먼저 온 사람이 할머니께 세배했다고 한다. 그렇게 세배하고 나서야 차례를 지냈다고 하니, 집안 풍습이 좀 남달랐다고 할 수 있다.

큰절 혼례, 제례 따위나 웃어른에게 예의를 갖추어야 할 때에 하는 절. 남자는 허리를 굽혀 두 손을 모아 땅에 대고 머리를 숙여 이마가 손등에 닿으면 잠시 멈추고, 여자는 두 손을 이마에 마주 대고 양반다리를 하며 앉아서 허리를 굽힌다.

"어무이, 올해도 건강하시이소. 건강하이 오래오래 사시야지예."

"오야, 막내 너거 식구들도 마카 건강하거라. 조상님들, 우리 막내 식구들 마카 그저 건강하이 잘 살도록 보살펴 주이소."

나는 할머니 뒤에서 눈을 거물거물했습니다. 아직 잠이 덜 깼기 때문이지요. 막내 작은어머니는 그러는 나를 보고 빙긋이 웃더니

"호철이는 안죽 잠이 모자리는 갑네."

하고 말했습니다.

작은어머니는 부엌에 나가 작은 상을 들여왔습니다. 그러고는 소반에 있던 떡국과 강정, 전 접시를 상에 차려 할머니 앞에 내놓았습니다.

"어무이, 떡국 따뜻할 때 잡사 보이소."

"말라꼬 떡국은 끼리 온다꼬 캐쌌노. 전도 부쳤드나?"

"예, 손님 오마 내놓을라꼬 쪼매만 했어예."

"지사 음석 한다꼬 캐쌌는데 언제 이래 했노, 야야."

할머니는 숟가락으로 떡국을 몇 숟갈 떠먹었습니다. 오그당한 입을 우물우물 했습니다.

"쫀득하이 맛있네."

작은어머니가 나보고도 먹으라고 했지만, 나는 잠을 못 이겨 다시 풀썩 드러눕고 말았습니다. 작은어머니들과 어머니까지 할머니께 그렇게 세배하고

나니 날이 뿌옇게 밝아 왔습니다.

부엌에서 들리는 딸그락 소리에 잠이 깨었습니다. 방문을 열고 밖을 내다보니 눈이 조금 쌓여 있었습니다.

"엄마, 눈 왔네!"

"어젯 밤에 엄청 오는 거 긑디 땅에 겨우 깔릴 정도백에 안 왔는갑네."

"호호호!, 엄마, 호철이하고 인철이 좀 봐라, 호호호호……."

누나가 우리들을 먼저 보고 마구 웃다가 다시 두 눈을 동그랗게 해서 깜짝 놀라는 표정을 지었습니다.

"호철이, 인철이 너거들 엊저녁에 잠잤제? 봐라, 고마 눈썹이 하야이 싰네. 인자 너거는 할배 돼가 어얄래? 내가 절대로 자지 마라꼬 안 카드나."

"누부야, 참말로 눈썹 싰나?"

"그러마 내가 거짓말 친다 말이가? 그렇께 너거들 인자 눈썹 시갖꼬 우얄라 카노. 그래 갖꼬 밖에 나갈래?"

"히이잉, 누부야. 인자 우짜노?"

"모올라. 인자 그래 할배긑이 해가 살아야제. 그라이까네 내가 자지 마라꼬 그러크롬 안 카드나."

"아이참, 잠이 오는데 어예 안 자노?"

어머니는 더욱 깜짝 놀라는 표정입니다.

"으이, 호철이 눈썹 참말로 싰네! 인철이도! 이 일을 우짜꼬? 두 아들이 고마 할배 됐뿌릿네!"

할머니까지 그랬습니다. 나는 그만 가슴이 덜컹 내려앉았습니다.

"엄마, 참말로 내 눈썹 있나? 인철아, 내 함 봐라. 참말로 내 눈썹 있나?"

"히야, 참말이다!"

"야, 인철이 니도!"

나도 동생도 눈이 동그래졌습니다. 얼른 누나 방에 가 거울을 들여다보았습니다.

'으응? 참말이네! 이거 우짜노!'

인철이도 거울을 보고 깜짝 놀랐습니다. 나는 눈썹을 한번 만져 보았습니다.

"으응? 이기 뭐꼬? 하얀 가루 같은데? 인철아, 이거 함 바라. 이상하제?"

그때 밖에서 할머니와 어머니, 누나가 마구 웃었습니다. 나와 동생은 서로 쳐다보며 눈이 동그래졌습니다. 그러다 이내 키들키들 웃었습니다.

"큭큭! 히야 니 눈썹 똑 귀신 같다, 히히히……."

"인철이 니는 산신령 할배 눈썹 같데이, 큭 크크크……."

이때 아버지가 밖에서 불렀습니다.

"야들아, 밖에 나와 세수하거라. 얼렁 씻고 할매한테 세배해야제."

"아부지예, 내 눈썹 있어예?"

"얼러 씻기나 해라."

"씻으마 없어져예?"

"……."

아버지는 어느새 눈 쌓인 마당을 말끔하게 쓸어 놓고 쇠죽을 끓여 구유에 퍼 대었습니다. 우리 늙다리와 송아지 망나니가 다정하게 김이 무럭무럭 나는 쇠죽을 맛나게 먹고 있었습니다. 동생과 나는 따뜻하게 데운 물로 세수를 했습니다.

"어어? 히야, 눈썹 싲는 거 없어졌네?"

"참말로? 어, 니도 글타! 에이, 백지로 걱정했네."

뒤에 안 일이지만 누나가 눈썹에 밀가루를 살짝 발라 놓았던 것입니다.

새 옷으로 갈아입으려고 할 때 할머니가 또 하하 웃었습니다.

"하하하! 호철이 내복 함 봐라. 무르팍에 구멍이 대지비만 하게 났네. 이늠 무르팍에 이 돋았나. 와 그래 잘 떨어지노, 으이? 하하하……."

어머니가 부엌에서 들어와 보고는

"고마 그양 입어라. 겉옷 입으마 안 빈다. 난중에 집어 주꾸마."

이랬습니다. 그러거나 말거나 나와 동생은 새 신발까지 신고는 싱글벙글했습니다.

"언능 할매한테 세배해야제."

아버지가 부드러운 목소리로 말했습니다. 형과 누나, 그리고 나와 동생 넷이서 나란히 할머니께 세배를 올렸습니다.

"할매, 건강하이 오래오래 사시이소."

"오야, 우리 강새이들 올해는 더 건강하고, 복 마이 받고, 공부도 잘하거라. 순자는 좋은 신랑감 만나야제."

우리가 할머니에게 세배하고 나니 사촌들이 우르르 몰려왔습니다.

"아고오, 우리 강새이들 다 왔네. 새 옷 해 입히 놓이 마카 멀쑥하네! 우리 딸래미 강새이들 치마저고리는 누가 그래 곱게 해 입히 났노. 아고 이뻐라!"

내 사촌은 모두 열세 명입니다. 손자손녀들에게 세배 받은 할머니는 덕담하면서 함박웃음을 지었습니다. 장난기 많던 사촌들도 오늘은 모두 할머니 앞에 점잖게 꿇어앉았습니다.

"에미야, 우리 강새이들 떡하고 강정 좀 갖다 조라, 하하하……."

어머니는 소반에다 강정과 떡을 듬뿍 담아 왔습니다.

사촌들이 세배를 하고 나니 세배하고 집에 갔던 작은어머니들이 차례상을 차리기 위해 다시 오고, 바지저고리와 두루마기를 차려입은 작은아버지도 왔습니다. 먼저 온 막내 작은아버지와 셋째 작은아버지가 할머니에게 세배를 했습니다.

"어무이, 올해도 건강하시고 복 마이 받으이소."

"오야, 너거들도 우야든동 건강해라. 건강이 최곤기라. 그라고 막내 니는 성질 좀 직이라. 술 좀 덜 묵고."

"어무이, 내 인자 술 마이 안 묵습니더."

"그래, 그래야제. 셋째야, 니는 올해 속이 쫌 괜찮아야 할 낀데 조심하거라잉."

아버지와 첫째, 둘째 작은아버지도 세배를 했습니다.

다음엔 아버지 형제 내외분들끼리 맞절 세배를 하고, 이제는 형과 누나들이 아버지와 작은아버지, 어머니와 작은어머니들에게 세배했습니다.

"오야, 새해 복 마이 받거라."

"순자는 신랑감 없나? 올해는 시집 안 갈라카나, 허허허……."

이번엔 나머지 꼬맹이 동생들이 세배를 했습니다.

"하하하, 영철이 영균이 봐라 궁디는 엉가이 치키드네, 하하하……."

작은아버지와 작은어머니가 마구 웃었습니다. 셋째 작은아버지와 막내 작은아버지는 우리들에게 세뱃돈도 나누어 주었습니다. 우리들 입은 귀에 걸렸습니다.

"깍깍깍깍……."

"깍깍깍 깍깍……."

입에선 입김이 하얗게 나오지만 앞마당 끝 감나무에서는 배가 뽀얀 까치들이 아침 햇살을 받으며 새해 인사를 했습니다.

"야들아, 이기 머꼬? 복조리 아이가. 안 그래도 복조리를 살라꼬 캤디 누가 새벽에 마당 한쪽에 던지 놨네."

할머니가 마당에 나와 어머니에게 복조리를 들어 보이며 하는 말입니다.

"마을 청년회에서 그랬나, 부녀회에서 그랬나? 어무이, 청년회에서 그랬지 싶습니더."

"그런강?"

누가 복조리를 두 개씩 묶고 '새해 복 많이 받으세요.'라고 쓴 띠까지 달아서 안마당에다 던져 놓고 간 것입니다. 조리는 본디 쌀 씻을 때 돌 따위를 가려내기 위해 쌀을 이는 데 쓰지요. 그런데 정월 초하룻날 집에 걸어 두는 조리는 '복조리'라 하지요. 쌀 일듯이 복만 일어 얻겠다는 뜻이 담겨 있답니다. 할머니는

"올 한 해도 우리 식구들 건강하고 복 마이 받게 해 주이소."

이러며 실과 성냥을 복조리에 담아 벽에 걸어 두었습니다.

차례를 지내고

셋째 작은아버지가 지방을 썼습니다. 한문자로 써서 나는 도무지 무슨 글씨인지 알 수가 없습니다. 내게는 증조할아버지 증조할머니지만, 아버지한테는 할아버지 할머니입니다. 문종이에 세로로 '顯祖考學生府君神位(현조고학생부군신위)' 이렇게 쓰고 바로 옆에는 '顯祖妣孺人仁川彩氏神位(현조비유인인천채씨신위)' 이렇게 썼습니다.

아버지는 모사에다 잘라 놓았던 띠도 꽂아 제상 앞에 놓고 향로도 갖다 놓

지방 제사나 차례를 지낼 때 조상의 혼백을 모셔 오기 위해 깨끗한 종이에 글을 써서 만든 신주. 제사나 차례를 지내기 바로 전에 쓰고, 다 지낸 다음에는 불에 태운다.

모사 제사 지낼 때 그릇에 담은 모래와 거기에 꽂은 띠 묶음. 제사 풍습은 집집이 다 다른데, 호철이네 집에서는 제주가 향을 피운 다음, 오른쪽에 있는 사람이 술을 따라 주면 모사 그릇에 세 번 나누어 붓고 두 번 절하는 것으로 시작했다. 모사 그릇은 향로 옆에 두었다.

았습니다. 둘째 작은아버지는 칼로 밤 겉껍질을 벗겨서 다시 하얗게 빚었습니다. 그리고 마른 문어 가락에 꽃무늬를 오려 마른 명태 위에 동그랗게 말아 올려놓았습니다.

아버지는 족보책을 펴 놓고 우리는 도무지 알아들을 수도 없는 이런저런 이야기를 해 주었습니다.

"그러니께 너거들 5대조 할배는 형제분인데 우리는 둘째 '덕' 자 '규' 자 할배 자손 아이가. 그 밑에 또 여섯 형제가 났는데 우리는 다섯째 '필' 자 '영' 자 할배 자손이라. 그라고 그 밑에는 손이 귀해가 '기' 자 '현' 자 할배 한 분뿐이라. 느거들로 말하마 증조할배 아이가. 느거 증조할배는 학자라. 그래 일을 몬 하이 집이 자꾸 가난해지 갖꼬 어렵게 안 살았나. 그 밑에 난 분이 너거 할배라. 너거 할배는 호철이 니도 알제? 니가 네 살 적에 돌아가싰는강 그렇제. 너거 할배는 부자 되는 기 소원이라. 그래 일을 뼈 빠지게 열심히 안 했나. 그래가 논도 사고 해가 지끔은 이래 밥 안 굶고 잘 안 사나. 느거 할배 할매 밑에 이래 나하고 너거 아바이들하고 모두 다섯 형제나 안 났나. 느거 고모도 서이고……."

나는 할아버지 모습이 떠올랐습니다. 할아버지는 사랑방에서 늘 가마니를 짤 새끼를 꼬았는데, 나는 이따금 할아버지 등에 기대어 목에 난 사마귀를 손가락으로 잡곤 했지요. 그때마다 할아버지는

"에이, 요놈! 꼼재이데이. 요놈, 고게 잡아넣자!"

이러며 장난치곤 했지요. 그 뒤 기침을 많이 하며 앓다 그만 세상을 떠났습니다.

막내 작은어머니가 노릇노릇 구운 조기를 제상에 갖다 놓았습니다.

"인자 차례상 다 차렸제? 어허, '동두서미'라. 생선은 머리를 동쪽으로 두고 꼬리는 서쪽으로 두도록 해야제. 조기 똑바로 놔라."

아버지가 조기 머리를 돌려놓으라고 했습니다. 그러면서 우리를 모두 불러 모았습니다.

"야들아, 마카 일로 와 봐라. 여 함 봐레이."

사촌들도 눈을 동그랗게 뜨고 아버지를 보았습니다. 아버지는 미리 향불을 피웠습니다. 가느다란 연기가 피어오르고 향내가 방 안 가득 퍼졌습니다.

"야들아, 지사상 함 봐라. 지사상에 음석 채리는 거도 그양 아무따나 채리는 기 아이다. 가장 앞줄(5열)에 과실 놔 났제? 가장 위쪽(왼쪽)에 뭐 있노?"

"대추예."

동두서미 두동미서. 제사상을 차릴 때 생선 따위의 머리는 동쪽으로, 꼬리는 서쪽으로 향하게 놓는다는 뜻이다. '두서미동'이라 하여 생선 따위의 머리는 서쪽으로, 꼬리는 동쪽으로 놓는 집도 있다.
그양 아무따나 채리는 그냥 아무렇게나 차리는

"그래, 대추가 와 가장 위쪽에 있는 줄 아나? 과실 중에 대추가 가장 어른이라. 대추에는 씨가 하나 있제? 이거는 오직 한 분, 임금을 말하는 기라. 가장 높은 어른 아이가. 그래 가장 위쪽에 안 놓나."

"그러마 밤은 와 그담에 놓습니꺼?"

"밤은 한 송이에 세 개 안 들어 있나. 그거는 임금 밑에 삼정승을 말해. 영의정, 좌의정, 우의정 안 있나. 그라고 그담에는 배나 사과 있제? 이거는 씨가 여섯 개 안 있나. 삼정승 밑에 있는 육조 판서를 말 안 하나. 그라고 그담에는 감 있제? 곶감 말이다. 이거는 씨가 여덟 개라. 팔도 관찰사를 말해. 대추, 밤, 배(사과), 감을 '조율이시'라 안 카나. 한문이라 너거들은 뜻을 잘 모르겠제? 그 밑에는 씨가 많은 다른 과실을 놔. 지끔은 겨울이라가 없지만서도 여름에 지사 지낼 적에 참외나 수박, 포도 같은 과실 안 놓더나. 씨가 많은 거. 이거는 백성을 말하는 기라."

"예에."

"그라고 다른 음석 놓는 거도 예가 있어. '홍동백서'라, 붉은색 과실은 동쪽으로 놓고 흰색 과실은 서쪽으로 놓으라는 말이다. '어동육서'라, 어찬(물고기 반찬)은 동쪽에, 육찬(고기반찬)은 서쪽에 놓으라는 말이제. 또 '좌포우혜'라, 왼쪽에는 포를 놓고 오른쪽에는 식혜를 놓으라는 말이제. 또 다른 말도 있는데 그거는 난중에 크거덩 배아라."

"크크크……."

"이늠, 웃기는 와 웃노, 으이."

"말이 우습어 갖꼬예."

"그기 뭐 우습노? 여게 음석 놓는 자리 함 봐라. 가장 앞줄(5열)에는 과실이 제? 그 뒤에 줄(4열)은 뭐꼬?"

"나물예."

"그래, 나물 있제. 탕도 여기다 놨제? 원래 탕은 그담 줄(3열)에 놓는데 우리 는 고마 여기다 놔. 그담 줄(2열)은 적하고 전을 안 놓나. 또 우리는 가에 떡도 놔 놨제? 그담 맨 뒷줄(1열)에는 술잔도 놓고 떡국도 안 놓나. 다른 지사 때는 밥을 놓고."

"우아, 와 이래 복잡합니꺼?"

"이기 뭐 복잡노. 이거도 모리마 안 되제."

"예에."

"지사상에는 못 놓는 음석도 안 있나. '치' 자로 끝나는 생선하고 복숭아, 마 늘, 고춧가루, 파 같은 거 말이다."

"그거는 와 못 놓는데예?"

"으응, 그거? '치'로 끝나는 고기가 갈치, 참치, 꽁치, 멸치 같은 거 아이가. 또 등 푸른 생선도 안 돼. 고등어, 방어, 정어리 같은 생선 말이다. 이거는 흔

하고 천하다꼬 생각해가 안 그러나. 복숭아는 귀신을 쫓아 버린다 캐. 그러이 제상에 올리마 조상이 몬 찾아온다 안 카나. 그래가 무덤 근처에는 복숭아나 무를 안 심어. 그라고 마늘, 고추, 파 겉은 거도 지사 음식에 안 써. 너무 냄새 가 진해 갖고 안 돼. 그래가 간장이나 소금 겉은 걸로 맛을 안 내나."

"거 참 이상하네예?"

"난중에 커가 더 잘 알아봐라. 인자 음석 준비 다 됐네. 지사 지내야제. 그러마 삥 둘러서라. 어 참! 양쪽에 촛불 키리."

큰형이 촛불을 켜자 아버지는 다시 향불을 피웠습니다. 연기가 솔솔 피어오르고 온 방에 향나무 향내가 그득했습니다. 제주는 아버지입니다. 아버지가 제상 맨 앞에 서고 작은아버지는 뒤에 옆으로 늘어섰습니다. 우리 형제와 사촌들도 작은아버지 옆에, 또는 뒤에 늘어섰고요. 큰방에 사람이 꽉 차서 문을 열어 놓고 마루에까지 늘어섰습니다.

"손은 요래 잡아레이."

둘째 작은아버지가 말했습니다.

"예?"

제주 제사에서 주장(우두머리)이 되는 상제

"양손을 요래 모다 쥐란 말이제. 왼손을 오른손 우에 겹치가 잡아, 요래. 그라고 고개 살짝 숙이가 읍하고 얌저이 서 있거라."

우리는 작은아버지가 말하는 대로 손을 잡고 고개를 조금 숙여 가만히 서 있었습니다. 제주인 아버지는 제상 앞에 무릎을 꿇고 정중하게 앉아 두 손으로 향불에 분향한 뒤 절을 두 번 했습니다. 이것을 '분향재배'라 하지요.

그다음, 아버지는 두 손으로 잔을 들었습니다. 그러니까 집사자인 셋째 작은

아버지가 술잔에 술을 조금 따랐습니다. 아버지는 술잔의 술을 모사 그릇에 세 번으로 나누어 붓고 빈 잔을 놓고는 다시 절을 두 번 했습니다. 앞서 향을 피우는 것은 위에 계신 신을 모시고자 하는 행위라네요. 또 모사에 술을 세 번 따르는 것은 아래에 계신 신을 모신다는 뜻이랍니다. 이것을 '강신재배'라고 해요.

"떡국 올리라."

그러니 작은어머니가 떡국을 가지고 왔습니다. 떡국을 제상에 놓고 숟가락을 꽂았습니다. 그러고는 술잔에 술을 쳐 향불에 세 번 휘휘 둘러 제상에 놓았습니다.

"자, 인자 마카 절하자."

모두 절을 했습니다. 사촌 동생들은 무릎을 꿇느라 쿠당탕거리기도 했습니다.

"허허, 이놈들! 조요이 해라. 정신을 들이야제."

두 번째 절할 때였습니다.

"뽀오옹!"

"풉 프흐흐……."

"킥 키키키……."

"히히히히……."

"큭 크크크……."

방귀 소리를 들은 사촌들은 저마다 웃음보가 터졌습니다. 그런데 엄숙하게 제사를 지내는 터라 웃음을 참느라 애를 썼습니다.

"이늠 자슥들, 조요이 안 하나!"

아버지가 엄히 말했습니다.

"풉!"

"어허, 그래도!"

겨우 웃음을 참았습니다.

이제 수저를 거두고 떡국 그릇 뚜껑을 덮었습니다. 그리고 다시 다 같이 절을 했습니다. 그런데 또 사촌들이 킥킥거렸습니다. 앞서 방귀 뀐 것에 대한 웃음을 참지 못해서지요.

절을 다 하고는 아버지가 지방에 불을 붙여 태웠습니다. 지방이 탄 거뭇거뭇한 재가 위로 올라가다 다시 내려앉았습니다. 제사가 끝난 뒤 음복했습니다. 그런데 사촌들은 그새 밖에 나와 마구 웃어 젖혔습니다.

"야, 방구 누가 끼었어?"

"상철이 니제?"

"내는 아이다. 인철이 니제?"

음복 차례나 제사를 지내고 난 뒤에 술이나 떡과 같은 제사 음식을 나누어 먹는 일

"히히히히……."

"하하하하……."

우리는 누군지도 모르고 마구 웃었습니다.

"야들아, 마카 밤 한 개씩 무라."

식구들 모두 모여 떡국을 맛나게 먹었습니다.

"아고, 이 떡국 한 그릇 묵으마 나이 한 살 더 묵제. 떡가래는 허여이 길제?
허연 거는 마음을 깨끗하이 기지라고 카는 기고, 긴 거는 빙 안 하고 건강하이
오래오래 살고 재산도 마이 일구라꼬 카는 기다. 그러이 야들아, 떡국 마이 무
레이. "

어머니가 떡국을 그릇에 더 부어 주며 말했습니다.

"큰어무이예, 진짜 떡국 마이 무마 나이 더 마이 묵어예?"

"그래, 마이 무라."

"그러마 떡국 마이 무야지."

사촌 동생이 말했습니다.

"오야 오야, 하하하하……."

어머니는 하하하 웃었습니다.

"얼렁 무라. 뒤뜸 느거 아제 집에도 지사 지내로 가야제."

아버지는 다그쳤습니다.

우리는 다시 제사 지내기 위해 뒤뜸 아제 댁으로 갔습니다.

"아고 배야, 아고 배야!"

갑자기 동생 인철이가 배를 움켜쥐었습니다. 나이를 더 많이 먹겠다고 떡국을 한 그릇 더 먹더니 배탈이 났는가 봅니다.

마을 어른에게 세배하고

"어르신 계십니꺼?"

밖에서 누가 부르는 소리가 났습니다. 어머니가 문을 열고 보니 건너뜸 질태 아버지와 윤식이 아버지가 서 있었습니다.

"아이구, 어서 오이소! 어무이, 저 건너뜸 미동 양반하고 구만 양반하고 어무이한테 세배하로 왔네예."

"어르신, 절 받으시이소."

"아이구, 절은 무신 절. 이래 보마 그기 인사지 뭐."

할머니는 그러면서도 몸을 바르게 해 앉았습니다.

"어르신, 새해에도 만수무강하시이소."

"자네들도 건강하게나. 그라고 돈 마이 벌어 갖꼬 부자 되고."

"허허허, 어르신. 그양 몸 건강하마 되제요 뭐."

어머니는 술상을 차려 왔습니다. 우리 집엔 할머니가 있으니까 세배하러 오는 동네 사람들이 자주자주 드나들었습니다.

나는 종국이네 바깥마당으로 가 보았습니다. 아직 응달엔 눈이 조금 있지만, 포근한 날씨라 벌써 대부분 녹았습니다. 꼬맹이들이 팽이를 돌리거나 제기차기도 하고 양지쪽에 나란히 서서 해바라기도 하고 있었습니다. 그리고 약속이나 한 듯 녀석들도 나와서 꼬맹이들과 장난치며 놀고 있었습니다.

"야, 호철이. 우리도 세배하로 갈래?"

내가 나가자마자 광수가 말했습니다.

"어른들 뭐라카마 우얄라꼬."

"세배할라카는데 와 뭐라카까이."

"지난해에 세배하로 철희 히야 저거 할배한테 세배하로 갔다가 안 뭐라캐있나."

"그거는 우리가 장난을 치가 그렇제. 강정 내놓은 거를 서로 마이 묵을라카다가 안 그랬나."

"맞어, 인자 한 살 더 묵었으이 철 좀 들자잉."

이렇게 해서 우리 다섯은 세배하러 우루루 몰려다녔습니다. 위뜸 욱이 할아버지에게도 세배하러 갔습니다. 들어가니 욱이 어머니가 반갑게 맞아 주었습니다.

"하이고오, 꼬맹이 아저씨들이 우짠 일이고? 할배한테 세배하로 왔는갑네. 아버님, 꼬마 손님들이 세배 왔습니더. 야들아, 어여 들어오니라."

우리는 부끄러워 서로 다른 아이를 앞세우려고 했습니다. 복이가 먼저 방으로 들어갔습니다. 다섯이 나란히 서서 세배를 했습니다.

"새해 복 마이 받으시이소."

"오야, 이늠들 마카 올해도 튼튼하이 크거라. 공부 잘하고, 으이. 야들이 인자 마이 컸네. 야는 재희 작은아들 아이가? 아들이 하도 많으이 누가 누군지 당최 모리겠구만."

욱이 어머니가 소반에 강정하고 떡을 그득 담아 왔습니다.

"아이구 야들아, 느거들한테는 뭐 줄기 빌로 없네. 강정이나 좀 무라. 떡도 좀 묵꼬."

"안 무도 개안습니더."

우리는 체면 차리는 척하면서 슬금슬금 강정을 집어 먹었습니다. 그러다 욱이 할아버지가 잠깐 고개 돌리는 사이 얼른 강정을 한 움큼씩 집어 주머니에 넣었습니다. 눈 깜짝할 사이지요. 그러다 욱이 할아버지가 다시 바로 앉자 점잖게 앉아 강정을 먹는 척했습니다. 많던 강정이 금세 몇 개밖에 안 남았습니다.

"에미야, 야들 강정 좀 더 갖다 조라."

"예에."

욱이 어머니가 강정을 더 가지고 왔습니다. 다시 욱이 할아버지가 고개를 돌리는 사이 강정을 서로 주머니에 집어 넣었습니다.

"잘 묵습니더."

"안녕히 계시이소."

우리들은 얼른 방에서 나왔습니다.

"좀 더 묵지. 와 벌써 가노?"

욱이 어머니가 달아나듯 나가는 우리 뒤꼭지를 보고 말했습니다.

우리는 대문을 빠져나와 서로 킥킥대며 막 웃었습니다.

"히히히, 내 함 봐라. 많제?"

복이가 불룩한 주머니를 보였습니다. 강정이 주머니마다 불룩불룩했습니다.

"내 함 봐라, 흐흐흐흐……."

정수도 주머니를 내보였습니다.

"야, 정수 니는 욕심재이맨치로 와 더 마이 갖꼬 오는데?"

"얌마, 내가 언제! 복이 점마는 손이 커 갖꼬 한 번 집으마 을매나 마이 집는지 몰라."

"야, 호철이 니는 까딱 잘못했으마 주머니에 넣는 거 욱이 즈거 할배한테 들킬 뻔 했데이. 하이튼 니는 그래 동작이 느리노?"

우리들은 정말 새해 인사하러 갔는지 강정 얻어먹으러 갔는지 모르겠습니다.

한복을 곱게 차려입은 어른들이 서로 친척 집으로, 나이 많은 어른이 있는 집으로 세배하러 오가는 모습이 여기저기서 눈에 띄었습니다. 보통 때 늘 보던 사람들도 설날인 오늘은 길에서 만나니까 서로 허리를 굽혀 절했습니다.

"과세 잘 쉤는가? 새해 복 마이 받으시게."

"자네도 새해 복 마이 받으시게."

서로 다투어서 감정이 상했던 사이라도 세배를 하며 다 씻어 냈습니다.

"그때는 술 마시가 제정신이 아니었제요. 용서해 주이소."

"이 사람아, 용서고 뭐고 칼끼 뭐 있노. 나도 잘한 기 없네. 자, 한잔하게."

아이들이 더 많이 나와 팽이도 돌리고, 제기도 차며 즐겁게 놀고 있습니다. 뒤뜸 논에서 연날리기하는 아이들도 있고요. 고운 치마저고리 입은 여자아이들은 치마를 나풀거리며 널뛰기도 합니다.

기석이네 바깥마당에는 남자 어른들 윷놀이 판이 벌어졌습니다.

"모야, 모야! 모야아!"

"도를, 도를! 도야아!"

"모 몬 할라마 개를 해라. 개 해가 잡아묵고 한 번 더 노는 기 좋다."

"아이다, 개 하마 클 나지. 도나 걸 해라. 안 그라마 뒷도를 하든지, 하하하······."

"개나 모 해라. 개야아!"

"개다아! 와 이래 좋노, 와 이래 좋노오. 허허허……."

"아따, 거서 잡아맥히마 우야노. 얼렁 윷가락 던지기나 해라!"

"가만 좀 있어 봐라. 윷말을 써야 노지."

동제 지내고

설 이튿날입니다.

"어엉? 저기 뭐꼬?"

늦잠 자다 할머니가 세수하라고 하기에 일어나 마당에 나가 보니 사립문 위에 새끼줄이 처져 있고 그 새끼줄에 잎 달린 대나무 가지 몇 개가 거꾸로 꽂혀 있는 게 아닙니까. 금줄이랍니다. 그리고 사립문 양쪽에는 붉은 흙도 듬성듬성 놓여 있습니다.

"엄마, 삽작거리에 저기 뭔데?"

"그거? 그거는 부정 타지 마라꼬 안 그래났나."

"부정은 무슨 부정?"

"내일 밤에 동제 안 지내나. 마실 사람들 마카 정신을 맑게 하고 정신을 들이야 된다 아이가. 그래 집집마다 금줄 치고 황토 흙을 안 놨나. 부정한 사람이 집에 함부로 몬 들어오도록 하고 잡귀신도 범접을 몬 하도록 안 그래났나. 다른 마실에서는 보름에 마이 지내는데 우리 마실에서는 설 지내고 사흘째 되는 날에 이래 안 지내나."

"엄마, 동제가 뭐꼬?"

"마실에는 마실을 지키는 신령님이 있거덩. 그 신령님한테 지사 지내는 거를 동제라 칸다. 농사 잘되도록, 마실이 아무 탈 없도록 비는 거 아이가. 동제 지낼 때꺼정은 고기도 묵으마 안 돼. 묵으마 부정 타."

어머니는 여러 가지 이야기를 해 주었습니다. 동제 지내기 전에 동네 어른들이 회의를 해서 제관을 뽑는다고 했습니다. 제관은 제사를 지낼 사람을 말하지요. 제관은 몸과 마음이 정결해야 한답니다. 그래서 마을에서 나이 많으신 어른들 가운데 뽑는데, 제주 한 사람, 집사 한 사람, 축관 한 사람 이렇게 뽑는답니다. 제관들은 뽑힌 그 날부터 곧 금기에 들어간답니다. 집 밖에 함부로 나가지 않아야 하고, 말과 행동도 조심해야 한답니다. 고기도 먹지 말아야 하고, 술과 담배도 금하면서 찬물로 깨끗이 목욕을 하며, 부부가 한방에 들어

동제 동신제라고도 한다. 동제는 온 마을 사람들이 질병과 재앙에서 풀려나고, 농사가 잘되고 고기가 잘 잡히게 해 달라고 비는 것이다.
마실 사람들 마카 마을 사람들 모두

서도 안 된다고 했습니다.

　제관을 뽑자마자 동제당에도 잡귀신이 가까이 못 오도록 금줄을 치고 둘레에 황토를 무덕무덕 놓았습니다. 동제당에는 제관이 아닌 사람들은 가면 안 된다고 했습니다. 부정 타서 동제 지내는 것도 헛일이 되고, 잘못하면 마을에 화를 입는다고요.

　설 사흘째 되는 날입니다. 뒤뜸 정갑이네 담 앞 보리논에 가니 연을 날리는 아이들이 많았습니다.

"어이, 너거들. 오늘 밤에 동제 지낸다 카는 거 알제?"

태환이 형이 먼저 말을 꺼내었습니다.

"그란데 히야, 와?"

"동제 지내마 밤이랑 대추랑 떡이랑 고기랑 그리고 다른 음식도 엄청 마이 안 차리 놓나. 그거를 주 묵자는 말이다."

"히야, 그거 건드맀다가 마실 신령님이 우리하고 미실에 해꼬지하마 우얄라꼬."

"야이 짜샤, 개안타. 동제 끝나고 나마 개안타 아이가."

"그러마 언제 가마 되노?"

"밤중이다."

그렇게 해서 태환이 형과 광수, 복이, 정수, 나, 봉식이 이렇게 여섯이 가기로 약속했습니다.

한밤중입니다. 동네 위쪽 당산나무 아래 동제당엔 촛불이 밝혀져 있고 사람들 어른거리는 모습이 보였습니다. 정성껏 음식 차려 놓고 절하며 비는 동제

당산나무 마을 지킴이로서 신이 깃들어 있다고 여겨 신처럼 모시는 나무. 마을에 따라 감나무, 느티나무, 버드나무, 살구나무, 앵두나무, 은행나무, 이팝나무, 떡갈나무, 팽나무, 모과나무, 동백나무 따위를 당산나무로 모시고 있다.

를 지내고 있는 겁니다. 춥지만 우리는 멀찍이서 숨죽이며 기다렸습니다. 시간이 얼마나 지났을까? 노닥거리다 보니 촛불 하나만 깜박거리고 주위는 깜깜했습니다. 그런데 바람이 불자 깜박이던 촛불까지 꺼져 버렸습니다. 그만 뭔가가 튀어나올 것만 같습니다.

"야, 가 보자!"

"근데 귀신 나오마 우얄래?"

"야이 짜샤, 그런 헛소리는 와 하노?"

"귀신은 무슨 귀신이 있다꼬 캐쌌노. 함 가 보자!"

태환이 형이 앞장섰습니다. 우리는 마음을 졸이며 겨우 따라갔습니다. 길도 잘 보이지 않는 데다 동제당 가까이엔 나무가 우거져 더욱 으스스합니다. 머리카락이 삐죽 서는 것 같았습니다.

"흐흐흐, 내는 무섭어서 몬 가겠다."

용감하던 뽕뽕이가 그만 뒤꽁무니를 슬슬 빼기 시작했습니다.

"야아, 난도 다리가 덜덜 떨린다. 아고오!"

정수도 멈칫멈칫했습니다. 겨우 동제당 가까이 갔습니다.

"캐에엑! 캐에엑!"

'헉!'

나뭇잎 부스럭거리는 소리도 났습니다. 숨이 턱 막혔습니다.

'으잉? 뭐 뭐 뭐꼬?'

"이히히히……."

"엄마야아!"

"으아아악!"

"귀, 귀, 귀신이다아! 귀신! 귀신!"

우리는 그만 뒤도 안 돌아보고 후다닥 달아났습니다.

"와아, 나는 머리를 풀고 입에 피 질질 흘리는 거 봤다 아이가!"

"난도 하이튼 뭐가 있는 거 봤어!"

"치아라, 자슥들아! 귀신은 무슨 귀신이라 캐쌌노."

우리들의 말에 태환이 형이 소리를 꽥 질렀습니다.

"태환이 히야, 니는 몬 봤나?"

"히야, 니는 우리 때문에 살았는 줄 알아라."

"됐다, 고마."

아침입니다. 이웃집 광수하고 일찍 당산나무 밑에 가 보았습니다. 당산나무 둘레에는 금줄이 쳐져 있었습니다. 날이 밝아도 머리끝이 삐죽 섰습니다.

"엉? 여 밤 있다!"

"여게도! 대추도 있다."

돼지고기와 전 같은 음식이 찔끔찔끔 흘러져 있기도 했습니다.

'귀신이 가져가다가 흘렀는 거 아이가? 그란데 내가 이거를 가져가마 귀신이 또 나를 찾아오마 우야꼬.'

점심때였습니다. 우리 형 동무인 종태 형이 우리 형한테 놀러 와 하는 말을 엿들었습니다.

"갑철아, 엊저녁에 있제? 큭! 동제 안 지냈나. 거 제물 놔둔 거 주물라꼬 강께 꼬맹이들 오는 기 보이는 거라. 그래가 '이히히히' 기민서 귀신 흉내를 안 냈나. 그러이 꼬맹이들이 똥겁을 묵고 똥줄 빠지게 막 안 달아나나. 내 우습어가 죽을 뻔했다 아이가."

'으아아! 형들이 귀신이었구나! 폭 속았네.'

그렇지만 창피해서 아무에게도 말을 못 했습니다.

마을에서는 보름에 청년회 주최로 윷놀이 대회를 한다는 소문이 나돌았습니다. 1등에게 쌀을 한 가마니 준다고 합니다. 날이 추운데도 어른들은 풍물을 울리며 집집이 돌아가면서 지신밟기를 시작했습니다.

지신밟기 정월 대보름 즈음에 마을 사람들이 모여 농악대를 앞세우고 집집이 대문, 마당, 장독대, 마루, 안방, 부엌, 우물, 광 들을 차례로 돌며 지신을 밟으며 몹쓸 귀신과 잡신을 물리치는 노래를 부른다. 지신을 밟으면 터주가 흐뭇해서 집안에 복을 가져온다고 믿었다. 지신풀이에는 성주풀이, 집안액풀이, 조왕풀이, 장독풀이, 우물(샘)풀이, 대문풀이 같은 노래가 있다. 이렇게 한 해 동안 병이나 사고 없기를 빌고, 마을의 안녕을 빈다. 집주인은 음식이나 곡식, 돈으로 이들을 대접한다.

신나는 풍물놀이, 정월 대보름엔 달불놀이하고 윷놀이하고

신나는 풍물놀이

정월 대보름

달불놀이하며 달님에게 소원 빌고

신나는 윷놀이

집 안에 들어온 농악대는 안마당을 빙글빙글 돌며 신명 나게 풍물놀이를 했습니다.

삘리리이이 삘리삘리 삘리이이…….

당다당다당다다당 다당당다당그리다당…….

징 징 징…….

쿵 쿵 쿵쿵 쿵 쿵 쿵쿵…….

쿵따쿵따꿍따쿵 쿵따쿵따꿍따다쿵따…….

태평소 가락이 길게 울리고 꽹과리, 징, 북, 장구, 소고도 신명 나게 울렸습니다.

신나는 풍물놀이

쟁재쟁재쟁재재쟁 재쟁쟁재쟁그리재쟁…….

순식이 아저씨네 집 지신밟기를 마친 농악대는 끊임없이 풍물을 울리며 다른 집으로 가고 있습니다. 맨 앞에 선 상쇠 뒤를 따라 우쭐우쭐 춤도 추면서요. 농악대 뒤에는 꼬맹이 아이들도 졸졸 따르고 있습니다. 그런데 긴 대나무 장대에 '農者天下之大本(농자천하지대본)'이란 글씨가 쓰인 깃발(농기)이 우리 집에 왔습니다. 길수 형 아버지가 들고 온 것이지요. 그건 지금 곧 농악대가 우리 집에 온다는 신호입니다.

농악대가 우리 집 바깥마당에 다다르자 이웃 어른들과 아이들이 더 많이 몰려왔습니다.

쟁재쟁재쟁재재쟁 재쟁 재쟁 쟁 잭.

"쥔 쥔 문 여소 나그네 손님 더가요!"

우리 집 사립문 앞에 와 멈춰 선 농악대는 풍물 연주를 멈추더니 큰 소리로 집으로 들어온다는 소리를 했습니다. 그러고는 다시 풍물을 울리며 상쇠 뒤를 따라 줄줄이 이리 갔다 저리 갔다 하면서 집 안으로 들어왔습니다. 상쇠는 농악대의 가장 우두머리라고 해서 '상쇠 어른'이라고 부르기도 하지요. 집 안에 들어온 농악대는 안마당을 빙글빙글 돌며 신명 나게 풍물놀이를 했습니다.

　삘리리이이 삘리삘리 삘리이이…….

　당다당다당다다당 다당당다당그리다당…….

　징 징 징…….

　쿵 쿵 쿵쿵 쿵 쿵 쿵쿵…….

　쿵따쿵따꿍따쿵 쿵따쿵따꿍따다쿵따…….

　태평소 가락이 길게 울리고 꽹과리, 징, 북, 장구, 소고도 신명 나게 울렸습니다. 농악대 어른들은 바지저고리에 조끼를 입고, 빨강 · 파랑 · 노랑 비단 천을 X자로 어깨에서 아래로 둘러매었습니다. 걸음 걸을 때마다 치렁치렁 늘어뜨린 색색의 비단 천이 나풀나풀 춤을 춥니다. 머리엔 비단으로 꽃을 만들어 둘러매고, 그 위에 상모 모자를 덮어썼습니다. 목을 까딱까딱할 때마다 긴 상모가 소용돌이 원을 그리며 뱅글뱅글 돌아갑니다. 소고 치는 사람들은 온몸을 날리면서 마당을 빙글빙글 돌았습니다. 상모는 더욱 빠르게 뱅글뱅글 돌아가고요. 어떻게 넘어지지도 않고 저리 잘 돌까 싶습니다.

포수로 분장한 갑수 아버지는 숯검정으로 얼굴에 수염과 눈썹을 무섭게 그린다고 그렸는데, 그 모습이 오히려 웃음을 더 자아내게 합니다. 허리에는 꿩을 달고 손에는 목총을 들고 사냥하는 흉내를 내기도 하고 펄쩍펄쩍 뛰면서 웃기는 행동도 했습니다. 새색시로 꾸민 성태 아버지는 각시탈을 쓰고 얌전하게 어깨를 달싹이며 예쁜 손짓으로 춤을 춥니다. 양반으로 꾸민 구봉이 아저씨는 치렁치렁한 도포를 입은 데다 양반 갓을 쓰고 담뱃대까지 들고 어깨춤을 덩실덩실 춥니다.

농악대가 마당에 들어와 풍물을 울리자 어머니는 온 방문을 활짝 열어젖혔습니다. 둘러서서 구경하던 사람들도 어느새 신나는 풍물 장단에 고개를 끄떡끄떡, 어깨를 들썩들썩했습니다. 어떤 사람은 발로 장단을 맞추는 사람도 있고요. 포수로 분장한 갑수 아버지가 펄쩍펄쩍 뛰어다니며 구경하는 어른들의 손을 잡고 놀이판으로 끌어들였습니다. 모두 한데 어울려 너울너울 덩실덩실 춤을 춥니다.

하하하하, 봉식이 고개도 까딱까딱하네요. 옆에서 그걸 본 복이가 놀렸습니다.

"어이, 뽕뽕이. 니 지끔 뭐하노?"

"내가 뭘 우쨌는데."

봉식이는 얼굴을 붉혔습니다.

"니 고개 까딱까딱 안 했냐?"

"내가 언제!"

봉식이는 소리를 꽥 지르며 딱 잡아뗐습니다. 그때 또 광수가 손가락으로 정숙이를 가리키며 시시덕거렸습니다.

"야, 저 함 봐라. 정숙이 까시나 고개 까딱까딱하는 거 함 바라. 히히히⋯⋯."

"분옥이도 함 바라, 큭큭."

"히히히⋯⋯."

그러는 복이 광수 정수도, 그리고 다른 아이들도 어느새 풍물 장단에 맞추어 고개를 까딱까딱, 어깨가 달싹달싹합니다.

농악대는 이제 저마다 악기를 가지고 재주를 부렸습니다. 우리 둘째 작은아버지는 큰북을 치는데, 무거운 북을 치면서도 빙글빙글 돌기도 하고 북을 한 손으로 번쩍 치켜들고 치기도 했습니다. 무엇보다 소고를 치는 어른들의 재주는 볼수록 신기합니다. 온몸을 붕 띄워 빙글빙글 도는 재주뿐만 아니라 발로 소고를 차고 도는 재주도 부럽습니다.

한참 신나게 풍물놀이 하던 농악대는 상쇠를 따라 집 뒤꼍으로 돌아갔습니다. 우리 집 전체를 한 바퀴 돌며 집 안 곳곳에 지신밟기를 하는 것이지요. 풍물을 울리며 지신을 밟으면 터주가 흡족해하며 악귀를 물리쳐 줄 뿐만 아니라 복도 가져다준답니다. 그리고 가족의 수명과 건강을 지켜 주고 풍년도 들게 해 준답니다.

그새 어머니는 큰방 마루에 음식상을 차려 놓았습니다. 음식상 위에는 쌀 한 됫박쯤 담은 그릇에다 촛불을 꽂아 놓고 복채 돈도 올려놓았습니다. 집을 한 바퀴 돌아 나온 농악대는 음식상이 차려진 큰방 앞에 서서 자진가락을 한 바탕 쳤습니다.

쨍쟁재재쟁 쨍쟁재재쟁 쨍재재째재쟁 째재재재째재쟁…….

그러고는

쟁재쟁재쟁재재쟁 재쟁 재쟁 쟁 잭.

이렇게 풍물 연주를 멈추더니 지신풀이 사설축원을 다시 시작했습니다. 상쇠 어른이 큰 소리로 사설축원을 한마디 하면 바로 풍물 간주를 하지요.

"어 허우루 지신아."

쟁재쟁재쟁재재쟁.

"성주대신아 지신아."

쟁재쟁재쟁재재쟁.

자진가락 빠르고 잦게 넘어가는 가락. 자진모리장단
성주 집에서 모시는 신 가운데 하나로, 집을 지키는(집지킴이) 신 가운데 우두머리

"지신지신을 누르세."

쟁재쟁재쟁재재쟁.

"천년지덕을 누르세."

쟁재쟁재쟁재재쟁.

"만년지덕을 누르세."

쟁재쟁재쟁재재쟁.

"잡귀 잡신은 물알로."

쟁재쟁재쟁재재쟁.

"만복을 이 댁에."

쟁재쟁재쟁재재쟁.

......

"이 집의 내력을 알아보자."

쟁재쟁재쟁재재쟁.

"경상도 안동 땅."

쟁재쟁재쟁재재쟁.

"제비원에서 솔씨 받아."

쟁재쟁재쟁재재쟁.

"험한 산천에 던졌더니."

쟁재쟁재쟁재재쟁.

"그 솔이 점점 자라서."

쟁재쟁재쟁재재쟁.

"청장목이 되었구나."

쟁재쟁재쟁재재쟁.

…….

　그다음엔 부엌에서 조왕 지신풀이 사설축원을 했습니다. 이어서 장독대, 고
방을 거쳐 외양간으로 갔습니다. 풍물 소리는 온 집 안을 쩌렁쩌렁 울렸습니
다. 외양간에 있던 우리 소 늙다리는 놀랐는지 주먹덩이만 한 눈이 휘둥그레
져 어찌할 바를 모르고 구석으로 갔다 옆으로 갔다 했습니다.

　우물, 사립문까지 지신풀이를 다 하고는 다시 마당으로 와 한바탕 풍물놀이
를 하다 멈췄습니다.

　쟁재쟁재쟁재재쟁 재쟁 재쟁 쟁 잭.

　"자, 우리 모두 한잔 먹세!"

조왕 지신풀이 조왕풀이. 부엌을 다스리는 조왕을 달래는 지신풀이의 하나

어머니가 내놓은 음식과 술을 나누어 먹었습니다. 둘레에서 구경하던 어른들도요. 젊은 어른들은 나이 많은 어르신께 먼저 술잔을 권했습니다.

"아이고오, 어르신. 한 잔 더 드시이소."

"허허허허, 자네도 한 잔 드세."

"하하하하……."

"어허허허……."

음식을 나누어 먹으면서도 웃음소리는 끊이질 않았습니다. 둘러선 아이들에게도 강정과 떡을 나누어 주었습니다.

음식 먹으며 한참 쉰 농악대는 다시 풍물을 울리며 다른 집으로 갔습니다. 아이들도 다시 졸졸 따라갔습니다. 상에 놓였던 쌀과 돈은 모아서 마을의 공동 기금으로 쓴답니다.

이렇게 해서 지신밟기는 보름까지 이어졌습니다.

보름 전날입니다. 할머니와 어머니는 고방에서 말려 두었던 고사리, 취, 아주까리잎 같은 나물을 꺼내어 손질해 솥에 삶았습니다.

저녁밥을 먹은 나는 뒤뜸으로 달려 나갔습니다. 보리논들에서는 벌써 여기저기서 불빛이 빙글빙글 돌아가고 있었습니다. 저녁 무렵부터 아이들이 쥐불을 놓고 있는 것이지요. 깡통에다 구멍을 뚫어 철사로 긴 끈을 달아 불을 피워 빙빙 돌리는 것입니다. 나도 낮에 구멍을 빠끔빠끔 뚫어 놓은 깡통에다 마른 쇠똥덩이와 마른 쑥을 넣고 불을 붙였습니다.

"야, 붙었다!"

그러고는 빙빙 돌렸습니다.

"히히히, 불빛 함 바라. 귀신불 겉다, 그치?"

우리는 쥐불을 돌리다 논두렁 마른 풀에 불을 붙이기도 했습니다. 보리갈이 하지 않은 빈 논에 깔려 있던 짚에도 불을 붙였습니다. 보름 전날 밤, 쏟아지는 달빛 아래 빙글빙글 돌아가는 쥐불, 활활 타는 불꽃, 즐겁게 뛰어다니는 아이들, 웃음소리가 한데 어울려 마치 꿈속 나라에 온 것 같습니다. 이렇게 쥐불을 놓으면 농작물에 피해 주는 쥐도 잡고 마른 풀에 붙어 있는 해충 알도 태워 버린답니다. 재는 거름이 되고요. 논두렁도 단단하게 된답니다. 올해 농사는 더 잘되겠지요? 또 쥐불놀이를 하면 잡귀도 쫓고 액을 달아나게 해서 한 해 동안 아무 탈 없이 지낼 수 있도록 해 주기도 한답니다.

"야들아, 인자 고만해라."

"불낼라. 인자 언능 꺼라잉!"

지켜보던 어른들이 쥐불놀이를 그만하라고 했습니다. 우리들은 저마다 쥐불을 밟아 껐습니다. 솔가지로 논두렁 불도 껐습니다. 어른들도 함께 불을 꺼 주었고요.

정월 대보름

음력 1월 15일, 정월 대보름날. 잠결에 부엌에서 딸그락거리는 소리가 들렸습니다. 어머니가 새벽부터 찰밥(오곡밥)을 짓고 어제 삶아 놓은 나물을 무치고 볶는 것입니다. 잠결에도 고소한 참기름 냄새가 코끝을 간지럽혔습니다.

부스스 일어나 마루를 내다보니 벌써 상에다 찰밥(오곡밥)과 나물 반찬, 그리고 쌀을 담은 그릇에 촛불을 켜 놓았습니다. 머리를 곱게 빗고 옷도 정갈하게 입은 할머니가 두 손을 비비며 간절히 빌었습니다.

"성주님요 성주님요, 우리 식구들 올 한 해도 그저 아무 탈 없이 무병하도록 보살펴 주이소. 올해 농사도 잘되그로 해 주시고 그저 만복을 마이 마이 니라 주이소!"

성주신께 다 빈 할머니는 짚 한 움큼을 반으로 접은 다음 한쪽을 묶어 오목하게 만들고 거기에 찰밥을 놓아서 바깥마당 돌담 위에 올려놓았습니다.

"할매, 와 찰밥을 짚에다 놔 가지고 담 위에 놓는데?"

"으응, 까마구밥 아이가. 까마구 묵으라꼬 놓는 기다. 까마구하고 새들이 집 안에 복 물고 오라꼬. 그리고 짐승들도 무야 살제."

정월 대보름에는 약반절식(약밥)도 해 먹는답니다. 찹쌀에 밤, 대추, 꿀, 참기름, 간장 같은 것을 넣어 쪄 만든 음식이지요. 약반절식은 신라 시대 소지왕이 정월 대보름에 행차를 나갔다가 까마귀가 날라다 준 봉투 속에 무슨 글

귀가 있었는데, 그걸 보고 역모를 꾀하던 왕비와 신하를 찾아내어 벌하고 자신의 목숨을 구했답니다. 그래서 그 까마귀에게 고맙다는 뜻으로 해마다 정월 대보름날을 까마귀 제삿날로 정하고 약밥을 제물로 바치게 했지요. 일반 백성들은 약밥 대신에 찰밥(오곡밥)으로 했고요. 할머니가 짚에다 찰밥을 담에 올려놓는 것도 바로 이런 풍습에서 나온 것이랍니다.

할머니가 성주님께 비는 일이 끝나니까 누나가 나한테 왔습니다.

"호철아."

"으응?"

"내 더위 사 가라."

나는 눈을 동그랗고 뜨고 누나를 보았습니다.

"누부야, 그기 무슨 말이고?"

"호호호, 니는 몰라도 된다."

누나는 그냥 '호호호' 웃으면서 부엌으로 갔습니다.

"엄마, '내 더위 사 가라' 카는 말이 뭐꼬?"

"더위 파는 거 아이가. 먼첨 그래 말하마 올여름에 더위 고생 안 한다 안 카나."

"에이, 뭐 그럴라꼬."

"니 누부야가 부를 때 대답하지 마고 '먼저 더위 사 가라' 이래 말해야제. 그래야 다부로 니 누부야가 니 더위를 사 가제."

나는 부엌에 있는 누나한테 갔습니다.

"누부야, 먼저 더위 사 가라."

그러니까 누나는

"호호호, 인자 시간 지나가 씰데없거덩."

이랬습니다. 나는 아주 심술이 나고 말았지요.

큰방에 식구들이 다 모였습니다. 아침 먹기 전에 어머니가 소반에다 호두,

잣, 땅콩, 밤, 은행, 설에 해 놓았던 강정과 술을 가지고 왔습니다.

"야들아, '부럼 깨물어 묵자' 세 번 말하고 이거 깨물어 무라."

나는 눈을 동그랗게 뜨고 어머니를 보았습니다.

"그래야 머리에 부스럼도 안 나고 살에 헌디도 안 나고 그라제."

그러고 보니 작년에도 그랬던 기억이 납니다. 나도 형하고 누나 따라 "부럼 깨물어 묵자, 부럼 깨물어 묵자, 부럼 깨물어 묵자." 이러며 땅콩하고 강정, 그리고 이것저것을 깨물어 먹었습니다. 어머니가 이렇게 하면 이도 튼튼해지고 '딱' 소리에 잡귀도 물러간다고 했습니다.

"아나, 이거도 마시라."

아버지가 술잔에 청주를 조금 따라 주었습니다.

"안 묵을랍니더. 시큼텁텁할 낀데 이걸 우예 묵노?"

"귀밝이술이다. 어여 마시라."

내가 안 마시려고 하니까 어머니와 할머니가 자꾸 마시라고 했습니다.

"어여 마시라. 그래야 일 년 내내 귓병도 안 생기고 귀도 밝아지지."

"그라고 일 년 내도록 좋은 소리만 듣제."

나는 그냥 뭐 그럴까 싶어 하면서도 할 수 없이 시키는 대로 맑은 청주를 한 모금 마셨습니다.

"아으! 이걸 우예 마시노?"

얼굴을 잔뜩 찡그렸습니다. 아버지는 "아아따, 맛 쪼오타! 올해는 일 년 내도록 좋은 소식만 들릴 끼다." 하고, 할머니는 "청주가 제대로 됐네. 올해는 귀가 더 밝아지겠제." 하고, 어머니는 "맛이 들었네. 어무이 술이 잘됐제요? 그저 좋은 소식만 귀에 들어오마 좋겠다." 했습니다. 형은 아무 소리도 않고, 누나는 "술 이거를 뭐할라꼬 묵는지 모리겠네." 했습니다. 동생은 청주를 안 마시려고 저만큼 달아났다 다시 와서는 한 모금 마시고 "으으으! 아으 아으!" 소리를 질렀습니다. 귀밝이술은 '이명주'라고도 한답니다.

할머니는 이것저것 이야기를 더 해 주었습니다. 우리 집에서는 안 하는데, 보름날 새벽에 해뜨기 전에 집 뒤에 가서 장대로 새를 쫓으면 농작물을 보호하고 가을에 풍성한 수확을 할 수 있게 해 준다고 합니다. 또 감, 대추, 배 같은 과일나무 가지 사이에 돌을 끼워 놓으면 열매가 많이 열린다고 하고요.

정월 대보름날에는 개에게 밥을 안 준다고 합니다. 그걸 '개보름쇠기'라고 해요. 정월 대보름날 개에게 밥을 주면 여름에 파리가 많이 달라붙고 개가 마르기 때문이라네요. 그래서 '개 보름 쇠듯 한다.'는 속담이 전해졌답니다. 명절 같은 날에 제대로 먹지도 못하고 지내는 것을 빗대어 말한 것이지요. 우리 집엔 개를 안 길러서 그런 모습을 실제로 보지는 못했답니다.

어머니와 누나가 찰밥과 여러 가지 나물 반찬을 들여왔습니다. 우리는 오곡밥을 찰밥이라고 하지요. 찹쌀, 팥, 검은콩, 수수, 조 같은 다섯 가지 곡식으로 지은 밥이랍니다. 그렇다고 꼭 다섯 가지만 들어가는 건 아니고 다른 여러 가지 잡곡을 넣기도 하지요. 지방에 따라 오곡이 달라지기도 하고요.

"엄마, 정월 대보름날에는 와 찰밥 묵는데?"

"와는 와라, 건강하고 힘내라꼬 묵는 기지. 그라이께 올해도 인철이하고 호철이하고 아프지 마고 건강하이 잘 크거라잉?"

"으응. 엄마, 아부지, 할매하고 우리 식구들 마카 건강해야제."

"그래, 마카 건강해야제."

"근데 엄마, 나 김치 묵고 싶다."

"안 돼. 보름에는 매운 거 묵으마 안 된다 캐."

"그거는 와?"

"매운 거 묵으마 여름에 땀띠 마이 난다꼬 안 카나. 그라고 온몸에 살쐐기 인단다. 풀쐐기하고 벌한테 쏘이기도 한다꼬 안 카나?"

또 매운 김치 먹으면 발바닥에 가시가 배긴다고도 하고, 논밭에 잡풀이 우거진다고도 한답니다. 그뿐만 아니라 얼굴에 검버섯이 피기도 하고, 손가락에 보풀이 생기기도 한답니다.

할머니는 삶아 무친 아주까리잎에 밥을 싸서 내 입에 넣어 주려고 했습니다. 하지만 나는 고개를 돌렸습니다.

"할매, 그거는 안 물란다."

"와 안 물라카노?

"맛이 히얀해서."

"무라. 그래야제 꽁알 잘 줍는다."

"아이참!"

나는 아주까리잎나물을 얼굴 찌푸리며 억지로 먹었습니다.

"그래, 그래. 잘 묵네. 인자 니는 꽁알 잘 줄 끼다. 그라고 이 나물도 골고리 무라잉. 인철이도……."

"으응."

나물은 간장과 참기름에 무친 고비나물, 고사리나물, 취나물, 콩나물이나 숙주나물, 아주까리잎나물, 도라지나물, 무나물, 버섯나물, 가지나물, 호박고지 같은 것이랍니다. 아홉 가지 나물을 먹으면 올해 더위도 안 먹고 건강해진다고 해요. 겨울에 잃은 입맛도 되살리고요. 또 '복쌈'이란 것도 있답니다. 김이나 마른 취, 배춧잎에 밥을 싸 먹는 것을 말하지요. 복쌈을 만들어 성주신께 올린 다음 먹으면 복이 온다고 합니다.

아침을 다 먹고 나니 물이 먹고 싶었습니다.

"엄마, 나 찬물 좀 도."

"아나, 이거 마시라."

어머니는 콩나물 국물을 주었습니다.

"물 좀 돌라카이."

"안 된다. 찬물 마시마 여름 내도록 더위 묵는다. 그라고 숭늉 마시마 정신이 흐리멍텅하이 되고 게으름 피운다 캐. 니 안 그래도 게으름 마이 안 피우나?"

그리고 뭐 찬물 마시면 놉을 얻어 일할 때마다 소나기가 오고, 많이 마시면 논둑이 터진다고 합니다. 다른 사람이 와서 물을 마시면 모심을 때 비가 오지 않는답니다. 물을 길어 오거나 더러운 물을 버리면 논둑이 터진다고도 하고요. 또 생선 같은 비린 것을 먹으면 여름에 파리가 들끓고 몸에 부스럼이 생긴다고 합니다.

"엄마, 그란데 보름에는 와 뭐 하지 마라 카는 기 이래 많노?"

"하이고오, 하지 마라 카는 기 그기 다가 아이다. 숟가락으로 밥 먹으마 여럿이 김맬 때 넓은 고랑 맡는다꼬 안 카나? 그라이까 음식은 젓가락으로 무야 돼."

"그란데 지끔 우리는 숟가락으로 밥 안 묵나?"

"그래 전해 온다 카는 기지."

보름에 밥을 나물하고 비벼 먹으면 논밭에 잡초가 무성해진답니다. 보름날

놉을 얻어 품삯을 주고 일꾼을 부리는 일

에 칼질하면 논밭에 노래기가 들끓고, 논둑이 무너지고, 농사짓는 소가 등창이 생기고, 복도 잘린다고 합니다. 칼질하다 손을 베면 일 년 동안 낫지 않는다고도 하고요. 집에 키 작은 다른 사람이 먼저 들어오면 삼이 잘 안 자라고, 여자가 먼저 들어오면 입방아에 오르거나 닭이 부화를 많이 못 한다고 합니다. 또 아침나절에 마당을 쓸면 복이 나가고, 머리에 빗질하면 콩밭에 새삼이 무성해서 콩 농사를 망치고, 집 안에는 뱀이 들끓거나 머리에 비듬과 이가 많이 생긴답니다. 그리고 십안에 곰팡이가 생기고 집안의 복을 쓸어낸다고도 하고요. 음식에 머리카락이 들어가면 한 해 재수가 없기도 한다니까 보름에 빗질을 삼가야 합니다. 특히 비가 올 때 머리를 감으면 부모상을 당한답니다. 그뿐 아닙니다. 보름날 빨래하면 나락이 말라 버리고, 빨래를 널면 논에 황새가 놀아 논농사를 망치고, 벼가 병충해로 하얗게 변한답니다. 또 맨발로 걸으면 발가락이 트고 무좀도 생기고, 그 해에 짐승에게 물린답니다. 농사철에 가시가 박힌다고도 하고요. 또 보름날에 바느질하면 가시가 박히고, 절구질하면 논밭 둑이 무너지거나 두더지가 밭을 해치고, 작두질하면 노루가 곡식을 망치고, 이불을 덮고 자면 논에 물이끼가 두껍게 낀다고도 한답니다.

새삼 메꽃과의 한해살이의 기생 식물. 줄기는 누런 흙빛의 철사 모양이며, 잎은 없다. 여름에 흰색 꽃이 가지 끝에서 자잘하게 피고 열매는 '토사자'라고 하여 약으로 쓴다.

"찰밥 좀 주소오!"

이른 점심때 누가 사립문에서 소리쳤습니다. 보니 봉식이는 조그만 소쿠리를 들고, 복이는 조리를 들고 사립문 있는 데서 고개를 내밀었다 숨었다 하는 게 아닙니까.

'으응? 절마들 뭐할라꼬 왔노? 아? 참! 찰밥 얻으로 왔제.'

"에미야, 아들 찰밥 얻으로 왔는갑다. 저늠 아들이 부끄럽어 갖꼬 숨어 있네. 불러다 좀 조라."

큰방에 있던 할머니가 문을 열어 보고 어머니에게 한 말입니다.

"예에, 어무이."

복이는 자꾸 봉식이를 우리 집으로 밀어 넣었습니다.

"야들아, 얼렁 오니라."

그제야 쭈뼛거리던 복이하고 봉식이가 들어왔습니다. 어머니는 찰밥을 그릇에 담아 들고 나왔습니다.

"보자, 얼매나 얻었노? 아이구 마이 얻었네. 그래, 이거 묵고 올해도 병나지 말고 건강하거래이."

어머니는 찰밥을 둘에게 한 술씩 나누어 주었습니다.

"엄마, 나도 찰밥 얻으로 가그로 조리 하나 도."

"으응? 그래, 알았다."

우리는 찰밥 얻으러 여러 집으로 우르르 몰려다녔습니다. 정월 대보름에는 세 집 이상 다른 성씨 집 밥을 얻어먹어야 운이 좋다고 해요. 그리고 하루 아홉 번 먹어야 좋다고 하고요. 그래서 이렇게 찰밥을 얻어서 조금씩 틈틈이 먹는답니다. 이런 날에 개는 먹지도 못하니 참 공평하지 못하지요?

"어억!"

경식이네 집에서 찰밥을 얻어 나와 다른 집으로 가던 봉식이가 철퍽 엎어진 것입니다.

"야, 뽕뽕아!"

"아고 아야! 아고 아파라!"

무릎 깨진 건 말할 것 없고 얻은 찰
밥을 반이나 쏟아 버리고 만 것입니다.

"에이, 재수까리 더럽게 없네. 에에
씨이."

"큭 큭큭큭……."

"힛 히히히……."

"웃지 마라, 시키야!"

"으하하하, 뽕뽕이 니 재수에 옴 붙었는갑다.
하하하……."

달불놀이하며 달님에게 소원 빌고

"어이, 우리 달불 놓으로 가자."

"어데로 가마 좋겠노?"

"오늘은 댕댕이산. 어때?"

"거게까지?"

달불놀이 달집태우기. 정월 대보름날 하는 것으로, 젊은이들이 풍물을 치며 마을 집집이 지신밟기를 해 주고 나서 짚이나 솔잎을 모아 가지고 오는 수도 있고, 아이들이 저마다 나무나 짚을 직접 해 가지고 모여드는 수도 있다. 이 것을 언덕이나 산 위에 모아서 쌓기도 하고, 조그만 오두막이나 커다란 다락 같은 것을 만들기도 한다. 그리고 보름달이 떠오르기를 기다려서 불을 지른다. 피어오르는 연기와 함께 달을 맞고, 빨갛게 불꽃이 피어오르면 신나게 농악을 치면서 불이 다 타서 꺼질 때까지 춤추며 둘레를 돌고 소리를 지르기도 한다. 더러 달집 속에 대나무를 넣어서 그것이 터지는 소리로 마을의 몹쓸 귀신을 쫓는다는 곳도 있다. 또, 그때까지 날리던 연을 비롯한 여러 가지 태울 것들을 달집 위에 얹어서 다 같이 태우기도 한다. 대보름달은 흠뻑 넘치는 넉넉함을, 불은 나쁜 것을 살라 버리는 깨끗함을 나타낸다.

"그래, 함 가 보자."

해가 지려면 아직 멀었지만 우리는 댕댕이산에 올랐습니다. 산에 오르니 마을이 까마득하게 보였습니다. 산꼭대기에 오르자 바로 댕댕이산 할매바위에 절을 넙죽 했습니다.

"할매예, 우리 왔습니더. 절 받으시소."

"할매예, 우리가 잘못해도 용서해 주이소. 인자부터 더 착하게 살께요."

절을 마친 우리는 할매바위와 좀 떨어진 너럭바위 있는 곳에 자리를 잡았습니다.

"아, 기분 쪼오타!"

"야, 저쪽이 차동골 마을 맞제?"

"아이다, 소생골이다."

"야호오!"

우리는 좀 쉬다 다 같이 솔가지를 쌓았습니다. 달집을 쌓는 것이지요. 복이하고 정수가 낫으로 솔가지를 쳐 놓으면 우리는 가져다 착착 쌓았습니다.

"야, 뽕뽕아. 니는 솔가지 좀 마이 갖꼬 와 봐라. 그기 뭐꼬?"

하고 태환이 형이 작은 솔가지 몇 개 달랑 들고 오는 봉식이를 보고 한마디 거들었습니다.

"지는 남이 해 놓은 솔가지 쌓기만 하고 있으민서……."

태환이 형 핀잔에 봉식이는 중얼중얼했습니다. 솔가지를 높게 쌓은 밑쪽에 마른 검불과 갈비를 밀어 넣고 불만 붙이면 되도록 했습니다.

해는 아직 서산에 걸리지 않았지만 우리는 불을 붙였습니다. 솔가지가 치직거리며 타오르기 시작했습니다. 불꽃과 함께 뿌연 연기가 하늘로 치솟았습니다.

"야아, 불붙었다!"

"달불이야!"

저마다 소리쳤습니다. 멀리 다른 산에서도 뿌연 연기기 하늘 높이 올라오고 있었습니다. 칠산 마을 뒷산에서도 차동골 마을 뒷산에서도 소생골 마을 뒷산에서도……. 마치 옛날 봉수대처럼 말입니다.

달불이 활활 타오르기 시작하는데 갑자기 광수가 소리쳤습니다.

"야, 불붙었다! 불, 불!"

"어데? 어데?"

"저, 저기!"

"으응?"

보니 달집 아래쪽에 풀이 조금 나 있는 곳에서 불이 붙어 번져 나간 것 같습니다.

"야, 뭐하노!"

태환이 형이 먼저 솔가지로 탁탁 때려 불을 끄기 시작했습니다. 복이는 윗

옷을 벗어 탁탁 때렸습니다. 발로 마구 밟기도 했습니다. 다행히 생각보다 쉽게 불을 끌 수 있었습니다. 하마터면 큰일 날 뻔했지요. 이 불이 산으로 옮겨붙으면……. 으으으! 생각만 해도 아찔합니다.

"광수야, 니 낯 함 봐라. 큭 큭큭큭……."

"니는 짜샤. 히히히……."

모두 검정 묻은 얼굴을 서로 쳐다보며 마구 웃었습니다.

달불이 더 타오르자 연기도 더욱 하늘 높이 올라갔습니다.

"야, 달 봐라!"

"어, 달님이다!"

어느새 정말 크고 둥그런 달이 산 위로 훤하게 떠오르고 있었습니다.

"야, 얼렁 빌자."

"달님, 달님, 우리 안 아프게 해 주이소. 공부도 잘하게 해 주이소! 우리 집 부자 되게 해 주이소!"

"달님, 우리 엄마가 날마다 아프다꼬 카는데 지발 안 아프게 쫌 해 주이소!"

"달니임! 복 듬뿍듬뿍 니라 주이소."

우리는 달님에게 큰절을 세 번이나 했습니다. 달님은 우리들을 보고 환하게 웃으면서 "그래, 이늠들아! 너거들 소원 다 들어주꾸마!" 이러는 것 같습니다.

어느새 어둠이 내리기 시작했습니다.

"야, 더 어둡기 전에 빨리 내리가자."

태환이 형이 재촉했습니다. 우리는 서둘러 불을 껐습니다. 사그라지는 불에 다 오줌을 누니까 '치지이' 소리를 내고 가는 연기가 피어올랐습니다. 불이 완전히 꺼진 것을 확인한 다음에 산에서 내려왔습니다.

집에서 동산을 보니 어느새 둥그런 달님이 환하게 웃으며 감나무 가지 사이로 떠올라 있었습니다. 할머니가 마당에 나와 달님보고 두 손 모아 빌면서 굽신굽신 절을 했습니다.

"달님, 그저 올해도 우리 집에 아무 탈 없그로 해 주이소. 손자들 튼튼하이 키아 주이소. 그저 식구들 건강하고 농사 잘되도록 해 주이소. 복 마이 마이 니라 주이소. 그저 우리 집에 아무 탈 없게 해 주이소."

아버지도 어머니도 달님에게 빌었습니다. 형은 어디로 달불 놓으러 갔는지 아직 집에 들어오지도 않았습니다. 어떤 곳에서는 마을에서 공동으로 달집태우기를 하면서 마을의 질병과 잡귀, 액운을 없애고 안녕과 복을 달라고 빌기도 한답니다. 달불이 활활 타오르면 달집 주위를 풍물을 울리며 빙빙 돌면서요.

정월 대보름에 다른 곳에서는 달집태우기 말고 '다리밟기(답교놀이)'도 한답니다. 놓인 다리를 밟으면 사람의 다리가 튼튼해진다고 해요. 또 '액막이 연날리기'도 있지요. 그 해의 액운을 멀리 날려 보내기 위해 연에 이름, 생년월일과 함께 '송액영복'이란 글귀를 써서 날린답니다. 어떤 마을에서는 마을 사람들이 함께 '줄다리기'를 하기도 하지요.

지금은 잘 모르겠지만 각 지방에서는 공동체 놀이로 '쇠머리대기', '동채싸움', '석전', '횃불싸움', '놋다리밟기', '사자춤' 같은 놀이도 했다네요.

우리 집에서는 설날부터 복 들어오라고 복조리를 사서 걸어 두었는데, 주로 정월 대보름에 걸어 둔답니다.

신나는 윷놀이

"모야아!"

"도야, 도야!"

"와아, 모다! 모 나왔다아!"

"인제 개만 해라. 개만 나오마 두동짜리 잡아묵는다."

"그래, 인자 개 해라! 개야, 개야!"

"아이다, 모 한 사리 더 해라. 한 사리 더 하고 잡아묵자."

"자, 모 나와라! 모야!"

보름이 가까워지자 마을 청년회에서 윷놀이 대회를 연 것입니다. 1등은 쌀

사리 윷놀이에서 '모'나 '윷'을 말하기도 하고, '모'나 '윷'을 던진 횟수를 세는 단위로 쓰는 말이다.

한 가마니, 2등은 큰솥, 그다음은 작은 솥이나 양은 냄비, 양동이 같은 것을 상품으로 걸어 놓았습니다. 성태네 바깥마당과 그 옆에 있는 길수네 바깥마당에는 여러 군데 막대를 세우고 새끼줄을 쳐서 윷놀이 판을 만들어 놓았습니다. 풍물도 치면서 신나게 윷놀이를 하고 있습니다.

위뜸 수봉이 형네 아버지와 아래감태 운식이 아버지의 준준결승전입니다. 여기에서 이겨야 준결승전에 올라갈 수 있지요.

"인자는 한 사리 해야지 된다. 안 그라마 저짝 편 두동짜리 멀리 도망간다 아이가. 한 사리 해야 저놈을 따라가 잡아묵지. 자 모 한 사리 해라잉!"

수봉이 형 아버지 편에서는 이제 모 한 사리를 해야 한다면서 야단입니다.

"아이다, 지발 도 해라. 그래야 우리가 산다. 도야, 도야!"

운식이 아버지 편에서는 상대편이 못 따라오게 자꾸 도나 하라고 소리쳤습니다.

"아자자자!"

수봉이 형 아버지가 소리치며 윷가락을 휙 던지고는 앞으로 몇 걸음 나아갔습니다. 그리고 두 팔을 뒤로 재치며 가슴을 쑥 내밀었습니다. 윷가락이 어떻게 될지 용을 쓰는 것이지요. 둘러서 있던 구경꾼들은 모두 수봉이 형 아버지가 던진 윷가락 따라 고개가 돌아갔습니다.

"모야아!"

"에이, 개다. 맨날 개밖에 몬하노."

수봉이 형네 편은 모두 실망한 표정입니다. 그런데 운식이네 편에서는 즐거운 표정들입니다.

"하하하, 잘했다. 인자 우리 두동으로 꿉은 윷말은 멀리 도망가겠네."

"사리 몬 할라마 걸이라도 해라."

"아이다, 한 사리 해가 아주 끝장내라."

운식이 아버지는 자기편의 응원에 싱긋이 웃으며 윷가락을 오른쪽 한 손에 모아 쥐고는 땅바닥에다 탁탁 쳤습니다. 그러고는 고개를 숙이며 기도하듯 하더니 결심을 한 듯

"그래, 인자 끝장내자!"

이랬습니다. 그러고는 입술을 꼭 깨물더니 윷판 가운데 쳐 놓은 새끼줄 너머로 윷가락을 냅다 던졌습니다.

"으라차차차!"

그래 놓고는 앞으로 몇 발짝 나가 오른쪽 발로 땅을 탁 쳤습니다.

"모야아!"

"도야아!"

윷가락 네 짝이 돌돌 굴렀습니다. 그런데 윷가락 한 짝이 가장 늦게까지 굴러가더니 그만 윷판 선 밖으로 나가 버리는 게 아닙니까.

"아고오! 고마 낙방했뿌릸네!"

"거서 낙방하마 우짜노! 아고, 좀 잘하제."

운식이네 편에서는 실망이 컸습니다.

"하하하하, 낙방 잘했다잉."

"두동짜리 말은 인자 죽었을 끼다."

수봉이 형네 편은 좋아 어쩔 줄을 몰랐습니다.

다시 수봉이 형 아버지가 윷가락을 주워 들고 섰습니다.

"내가 졌다 캤디 인자 한번 해 볼 만하네. 함 해 보자잉!"

"맞다, 안죽 실망할 기 아이다. 저 꿉은 두동짜리 윷말만 잡아묵으마 우리가 이긴다카이."

"그래, 윷 한 사리만 하마 끝이다. 자, 인자 윷 해라잉."

"윷이야아!"

수봉이 형네 편 사람들이 곧 이길 수 있다는 듯이 말하니까 운식이네 편에서는

"택도 없는 소리 하덜 마라. 윷이 불각 중에 나오냐?"

불각 중에 깨닫거나 생각하지 못한 때에, 갑자기

"윷이 그래 쉽게 나온다 카더나?"

수봉이 형 아버지가 윷가락을 쥐고 쪼그려 앉으며 씩 웃더니 이렇게 말했습니다.

"그래, 내 솜씨 함 보여 주지. 내가 엊저녁에 빨가벗고 잤거덩. 그러이 틀림없이 윷 나올 끼다."

윷가락을 던졌습니다.

"아자자자!"

이번에는 가운데 쳐 놓은 새끼줄까지 바싹 다가가며 용을 썼습니다. 그런데 걸이 나오고 말았습니다. 수봉이 형네 편 윷말은 운식이네 편 두 동 굽은 윷말 바로 뒤에 바짝 따라붙었습니다.

"아고야! 까딱 잘못했으마 잡아맥힐 뻔했네!"

그때였습니다. 바로 옆의 윷판에서는 말싸움이 붙었습니다. 윷가락 던진 기석이 어머니 편에서는 모라고 하고, 상대편인 영태 어머니 편에서는 아니라고 합니다. 윷가락 하나가 엎어지지도 뒤집히지도 않고 모서리로 서 있었는데, 판단하기 전에 상대편인 영태네 편에서 그만 그 윷가락을 건드렸기 때문이지요. 그걸 안 건드렸으면 청년회 심판하는 사람이 심판해 줄 텐데 말입니다.

"자, 함 바라. 윷가락이 이 정도로 배가 더 마이 보있잖아. 그란데 그기 우째 모고?"

이렇게 영태네 편에서는 모가 아니라고 했습니다. 그런데 윷가락을 던진 기석이네 편에서는

"그기 아이지! 윷가락이 이래 등이 마이 안 보이나. 그러이 당연히 모제."

이랬습니다. 그때 청년회 심판하는 사람이 한 사람 더 왔습니다.

"그라마 이래 하입시더. 윷가락 하나를 다시 던지 갖꼬 엎어지마 모고 뒤집어지마 도로 하입시더."

그러니까 기석이네 편에서는 안 된다고 했습니다.

"모 나온 거를 우째 다시 던진단 말이고. 안 된다!"

"우리도 안 된다. 도를 자꾸 모라꼬 카마 안 되제!"

"아고, 고마 서로서로 한발 양보하이소."

이렇게 해서 다시 윷놀이가 이어졌습니다.

마침내 결승 윷놀이판이 벌어졌습니다. 노총각인 한국이 아저씨하고 우리 막내 작은아버지의 대결입니다. 양편의 응원이 만만찮습니다. 우리 편엔 아버지 어머니, 작은아버지 작은어머니, 사촌들, 그리고 우리 이웃 사람들이 둘러섰습니다.

둥둥둥둥…….

"모야아!"

"우리는 모뱄에 모린데이. 다섯 모, 걸 했뿌라."

쟁쟁쟁쟁……

"하하하, 우리는 그래 안 한데이. 한 바꾸 돌민서 세상 구경 다 하고도 이긴다카이!

"아고, 그럴 필요 없데이. 니 모, 윷, 걸 해가 마치맞게 이기자잉."

"도를! 도를!"

"도야아!"

한국이 아저씨가 윷가락을 던졌습니다. 윷가락을 던지고 한 발 나가면서 무릎을 탁 쳤습니다. 그런데 진짜 우리가 말한 대로 도가 나와 버렸습니다.

"개안타. 이거는 복 갖다 주는 도다."

"그래, 다음에 모 하마 돼."

막내 작은아버지가 윷가락을 모아 쥐었습니다. 상대편에서

"개야! 개야!"

"낙방! 낙방!"

하고 소리쳤습니다. 그리고 우리 편에서는

"뭐라카노? 개는 느거나 하는 기지 우리는 모 아이면 도다."

"모야아!"

옆으로 비스듬히 앉아 고개를 한 번 숙이던 막내 작은아버지는 벌떡 일어서

면서 윷가락을 던졌습니다.

쟁쟁쟁쟁…….

"으라차차!"

"모야아!"

작은아버지는 몇 발자국 앞으로 나가다 멈춰 서서 윷가락을 쏘아보며 용을 썼습니다.

"하하하하, 개다. 바라, 너거도 별수 없제."

상대편이 빈정대었습니다.

"헤헤이! 망할 놈의 윷까치 봐라. 거서 개가 와 나오노? 도를 했으마 잡아묵기라도 하제. 그것참!"

이렇게 해서 결승 윷판은 한국이 아저씨가 이기고 말았습니다.

"와 이래 좋노, 와 이래 좋노, 와 이래 좋노오…….."

"얼씨구 좋다아!"

한국이 아저씨네 사람들은 풍물을 울리며 춤을 덩실덩실 추었습니다. 작은아버지는 한국이 아저씨보고 소리쳤습니다.

"어이, 한국이! 자네 한 판 더 붙으까?"

"안 할라네, 고마."

작은아버지 편인 우리 편은 몹시 애통해했습니다.

"잘 나가다가 끝에 가서 석동짜리 잡아맥히는 바람에 졌뿌렀네. 에이 참!"

"윷말만 잘 썼으마 이기는 판인데……."

"그래도 잘 놀았다. 그만하마 윷은 잘 놀았는 기지."

우리 편이 투덜거리고 있으니까 한국이 아저씨네 쪽 사람들이 우리 편 사람들을 풍물놀이판에 끌어들였습니다. 그때부터 우리는 모두 한데 어울려 한바탕 춤판이 벌어졌습니다. 둘러서서 구경하던 다른 사람들도 한데 어울려 덩실덩실 춤을 추었습니다.

이제 보름 명절도 다 지나갔습니다. 설 명절이 다 지나갔으니 다들 일상으로 돌아갈 때입니다. 그동안 설 명절로 마음이 들떠 날씨가 추워도 추운 줄 모르고 지냈습니다. 이제 아버지는 산에 나무하러 가고 새끼도 꼽니다. 어머니는 집안일을 하며 틈틈이 아버지와 가마니도 짭니다. 할머니는 쇠죽을 끓이기도 하고 마실도 나갑니다. 나는 할머니가 끓이던 쇠죽을 끓이기도 하고 동무들과 썰매 타기, 연날리기도 합니다. 때때로 광수, 복이, 봉식이, 정수, 태환이 형하고 산에 나무하러 가기도 하고요. 누나는 홀치기 하고 형은 여전히 공부한다고 매달려 있습니다. 동생은 콜록콜록 기침을 하면서도 동무들과 바깥으로 나돌아 다니고요.